칠집김씨

사람을 그리다

칠집 김씨
나람을 그리다

김병종 그림 산문집

너와숲

그림은 그리움이다. 그리운 마음 없이, 애절한 마음 없이

어찌 저 홀로 그림이 그려지겠는가.　　　　　　〈작가 노트〉중에서 오랜 세월 풍경에 취해 떠돌았다.

그런데 언제부터인가 풍경 뒤에, 혹은 옆에 서 있는 사람이 보이기 시작했다. 그중에는 악수한 손의 온기가 채 식기도 전에 떠나가버린 이들도 있다. 사람, 지구라는 행성에 잠시 머물다가 사라지는 존재. 허공에 남아 있는 그 웃음소리. 혹은 눈물과 한숨……. 사람, 연민, 다만 연민의 존재.

오늘도 사람의 정원에는 사철 꽃 피고 바람 불고 눈이 내린다. 여기 그 기억 속 정원 풍경 한 자락을 들춰본다.

2022. 11. 과천 송와에서
김병종

차례

풍경 사이에 사람이 있다

빛과 어둠 사이에 사람이 있다

저기, 사람이 보인다

시간 사이에 사람이 있다

삶의 저녁이 내린다, 푸른 빛으로

드디어 오고 말았다. 내 인생에도 저녁이. 요란하고 시끌벅적한 시
간들이 지나고 마침내 빛과 고요의 한가운데에 이르렀다.

저녁 어스름, 푸르스름한 빛. 밤도 아니고 낮도 아닌 이 시간. 간혹
바람처럼 일렁이다 가는 외로움과 안식과 고요. 마침내 도달한 지
금 여기.

설렘

알싸한 아침, 작업실. 무쇠 난로 위에서 물 주전자는 푹푹 김을 내며 끓는데, 나는 기다린다. 블랙커피 반 잔을 마시면서도 기다리고, 자메이카 블루마운틴의 묵직한 향이 낮게 깔리며 브람스의 선율과 섞여드는 순간에도 기다린다.

그것 없이는 아침마다 만나는 백白의 공포를 이겨낼 수 없다. 그것이 활활 연소해 타오를 때에야 비로소 맹수 앞에 선 전사처럼 창 대신 붓을 들고 하얀 화판 앞으로 걸어갈 수 있다. 그렇기에 흡사 고도Godot를 기다리는 블라디미르와 에스트라공처럼 나는 기다리고 기다린다.

무릇 모든 '쟁이'가 그럴 테지만 나는 일찍부터 그 불가해한 느낌에 포박돼 있었다. 아니, 중독이라는 표현이 낫겠다. 작업실 문을 열고 들어설 때마다 엄습해 오는 그 대체불가의 느낌. 육肉적이고 영靈적이며 언어적이고 비언어적인, 온몸을 가볍게 진동시킬 만한 그 야릇한 흥분과 전율, 그 열감熱感을 대체 '설렘'이라는 말 아닌 다른 무엇으로 표현할 수 있단 말인가.

나의 세월은 허기진 듯 그 느낌을 쫓아 달려온 시간들이었다. 고풍스러운 기와집 역사驛舍가 건너다보이는 소읍의 한 다방에서 처음 그림과 사랑에 빠져 전시를 열었던 열대여섯 무렵부터 치자면 근 오십 년 세월이다. 그러고 보면 이 무자비한 광속의 세월 속에서도 살아남은 이 말이 새삼 눈물겨울 지경이다. 깨지고 부서지고 거품처럼 떠다니며 비열해져 가는 말≡들의 세상 속에서도 설렘은 첫사랑의 기억처럼 그 자리에 그대로 있어줬으니 어찌 고맙지 않겠는가.

오늘도 나는 지난 세월 그러했듯 작업실 문을 열고 들어와 마음 저 밑바닥으로부터 고동쳐오는 그 느낌을 기다린다. 설렘 없이 하얀 화판 앞으로 다가가는 것은 지는 싸움임을 알기 때문에.

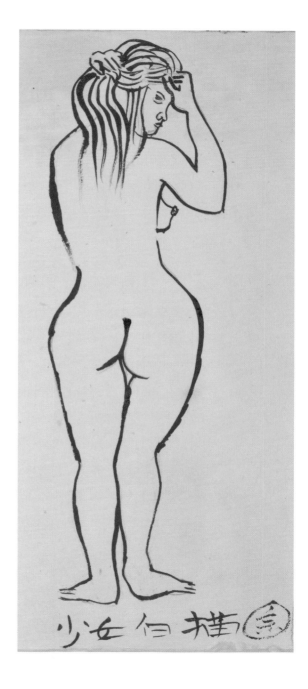

少女白描

그리고 싶구나. 너희들의 순백 생명의 색

겸아, 윤아. 너희가 처음 만난 세상의 색色은 무엇이었니. 신발을 신기면 으레 마스크를 채워줄 줄 알고 기다리는 너희를 보며 세상에 대한 색채의 첫 기억이 혹 하얀색은 아니었을까 생각했다. 그 예쁜 얼굴의 반을 하얀색 천으로 가리게 해 짠하고 미안한 마음이란다.

"아버지, 지금 막 쌍둥이 사내아이를 출산했습니다."

너희 아빠의 전화를 받은 재작년 가을 자정 무렵, 나는 멀리 남쪽 고택에 머물고 있었다. 달빛이 방 안에까지 넘실거려 뒤척이던 참인 데 전화를 받고 마당으로 나서니 휘영청 밝은 달이 가득하더구나. 이렇게 한 세대가 가고 다시 한 세대가 오는 걸까.

처음 너희 아빠를 얻던 날이 생각났다. 그 작고 가벼운 생명체를 담요에 담아 안고 병원 문을 나설 때 햇빛 쏟아지는 세상으로 나아가는 것이 갑자기 두려워지던 기억. 사람들은 축하한다고들 했지만 어찔하던 현기眩氣와 함께 알 수 없는 외로움과 슬픔, 죄의식 같은 것이 한꺼번에 엄습했단다. 아마도 정글 같은 세상을 헤쳐가야 할 여린 생명에 대한 연민 때문이었을 것이다.

너희가 태어나던 그 새벽에도 할아버지에겐 바람처럼 일어나는 마음의 서성임이 있었다. 그래서 달빛에 의지한 채 신작로라 불리는 옛길을 하염없이 걸었지. 하늘엔 별이 총총한데 가끔 머물러서 보면 슈욱- 하면서 멀리 유성이 떨어지는 모습도 보였어. 참으로 오랜만에 만난 어릴 적 풍경이었지. 그 시절 봄이면 보랏빛 자운영이 끝 간 데 없이 펼쳐지고 노란 구름처럼 일어나던 송홧가루 하며, 파란 보리밭 사이로 둥둥 떠가던 오색 상여의 모습 같은 것이 나를 '먼 북소리'처럼 '환쟁이'의 길로 불러냈던 것 같구나.

내가 만난 색은 그렇게 푸르고 붉고 아득한 노란색이었단다. 열다섯 살 무렵 역 앞 '복지다방'이란 곳에서 '혹惑'이란 이름으로

'야시쿠레'한 여인 그림 전시를 열어 집안 어른들로부터 지청구를 듣던 일이며, 새벽녘 찬밥 비벼 먹고 화가가 되겠다고 완행열차 잡아타고 서울로 떠났던 이야기들을 언젠가 너희를 무릎에 앉혀놓고 도란도란 들려주고 싶구나.

그 새벽 산새 울음만 들려오는 산길을 홀로 걷는데, 귓가에 "할아버지 그냥 그렇게 쭈욱 가세요"라는 너희 목소리가 들리는 것 같았다. 문득 '신행태보信行太步'라는 말이 생각났다. 하늘을 믿고 그 방향으로 걸어간다. 살아보니 삶은 속도보다 방향인 것 같더구나. 우리는 지금 한 세대 안에서 경험할 수 있는 문명의 최대 스펙트럼의 나날을 살고 있다. 뭔가 어깨를 툭 쳐서 돌아보면 벌써 저만치 과거가 되고 마는 시대를 살고 있지. 어느덧 나도 등으로 석양 빛을 받으며 인생의 산마루를 내려가고 있는데, 때로는 아쉽게 뒤돌아보고 다시 나타난 등성이가 숨 가빠오지만 한 세대는 가고 다시 한 세대는 오는 것이니 나는 나의 가던 길을 휘적휘적 가려 한다.

인공지능AI이니 뭐니 하며 수선을 떨지만 생명의 아름다움으로

부터 오는 영감만큼 가슴 떨리는 일은 없을 것이다. 처음 너희가 발걸음을 떼며 내 집에 들어서는 모습을 보며 어떤 이의 시처럼 과거와 현재와 미래가 함께 오는 듯한, 어마어마한 존재와 시간의 중량이 함께 오는 듯한 느낌을 받았단다.

겸아, 윤아. 내일은 너희가 이 할아버지 집에 오는 날. 과거와 현재와 미래가 함께 오는 일이기 때문에 나는 벌써부터 손을 몇 번씩 씻고 샤워도 하며 너희 맞을 준비에 설렌단다. 너희 엄마야 속으로 언짢을지도 모르겠다만, 내일은 기어코 마스크를 벗기고 너희 그 살 냄새 나는 여린 뺨에 내 뺨을 대어 마음껏 비비고 싶구나.

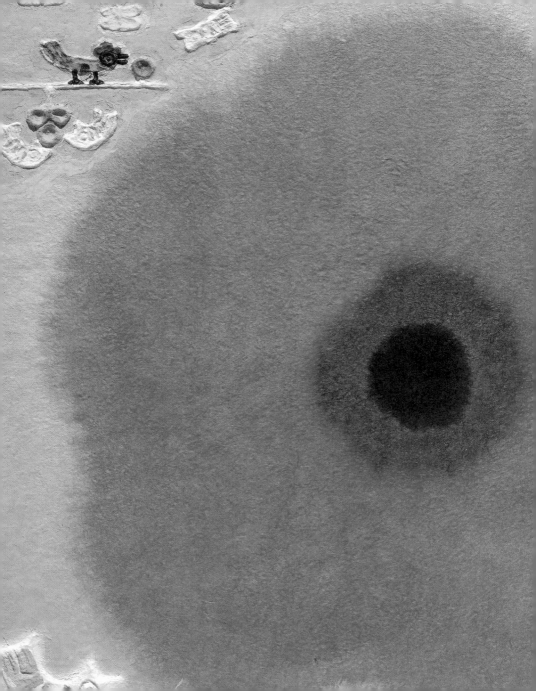

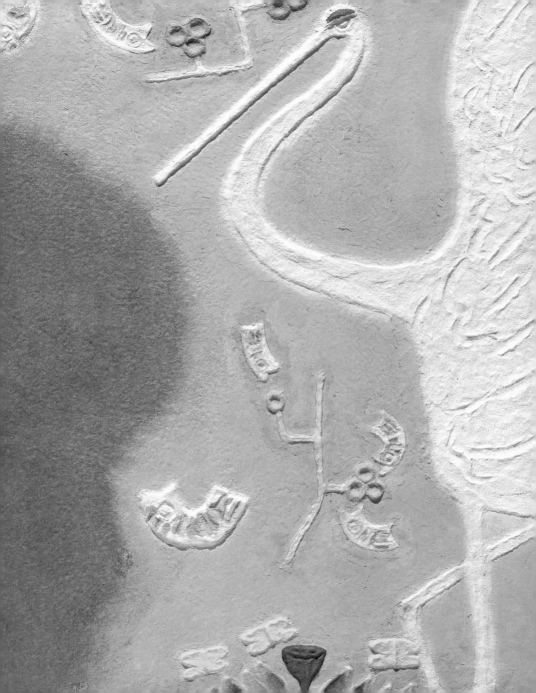

겨울 기행

1

부러진 햇살

온종일 느린 기차汽車

벌판의 마른 바람을 뚫고

흔들리며 찾아가는 소문의 도시都市

이역異域의 유리창 너머로는,

내 것인 양 서늘한 숨결 한 개.

희끗한 눈발 속으로는

기억 속의 맑은

살 냄새도.

2

빈한貧寒의 아침에,

아이의 겨드랑 사이로부터

불현듯 화해하는 낯선 이웃같이,

초산 냄새 자지러지게 날아든 조간,

치열처럼 나란히 웃는,

그 글자 몇 개의 교태와 바꾼

네 몫의 허술한 자유自由.

그것이 찍어낸,

겨울날의 박제된 꿈, 조각난 위안을,

나는 어느새 주의 깊게 들여다보았지.

참으로 생업生業처럼 더러운 나의 습성.

3

너는 늘 무구無垢한 생식같이 거칠고 땅을 향한 그 어두운 성욕,

싱싱한 신음이

나는 무서웠지.

쓰러진 빛, 후려치는 매에도

곱게 곱게 되살아나는 신기한

너의 승전勝戰이

나는 두려웠다.

서러움보다도 더 깊었던

부끄러움.

일테면 어디 한산한 찻집의

어두운 구석

연습처럼,

변명같이 잔盞을 드는 일상에서나

눈썹 끝에 몰린 하루분의 피로를

쓱쓱 밀어내는 무심한 손가락

심지어 내민 기차표 위로도,

재빠르게 지나가는 부끄러운

흉터,

아아, 어디에 있어도 결국엔 갇혀

버리고 만다.

불구의, 그러나 힘센

너의 그 팔뚝 안으로.

4
천천히,
위대한 속도로
화석化石된 우울한 시간의 집적集積을,
일테면 저녁 거리에 돌아오는
사람들 양어깨 위
무고한 피로처럼 털어내며
자, 자
돌려줄게
우아하게 몰아내면서,
어쩌면, 퉁명스럽지도 않고
기교롭게 기교롭게
겨울날
열리는 철문.

5

늘 낮게 가장 깊숙한 데로부터 와서
강물처럼 부드럽게
나의 가슴을 헤집어놓고 마는,
무엇일까.
내 억센 잠으로도 다스리지 못하고
어느새 바람처럼 은은하게
나는 내 육신 버려야 하리 속삭이며
혹은 청정한 눈물 한 방울이 되어,
굳은 내 손 껍질을 적시고
갈대밭이건, 황토黃土, 그 어두운 들녘이건
내 한 몸 일으켜
빈한貧寒의 이 땅 위에,
장하여라
크게 누이려 하는.

6

어젯밤엔 내내 뒤숭숭한 꿈.
흙 묻은 수녀복 길게 끌며
올리에타 수녀원,
그 후원에서는
비닐우산도 없이, 한밤중 모여서들
비밀한 장례의 미사를
치러내고 있었지.
떨고 서 있는 나목 새로
누군가는 보았으리.
찢어진 강보에 싸여,
어디론가 버려지는 핏덩이 하나.

7

나는 이제사 한천寒天에 외롭게 떠도는 은색 혼魂들의 화려한 강
　신무降神舞를 본다.
비수匕首로 오려 누군가 바람 속에 휙휙 던져버렸던 울음들이 수만
　개 호사한 타종打鐘 소리로 다시 살아나고 있음을 듣는다. 그리
　고 제기祭器 위로 한 줌씩 스러지던 어머니의 수북한 우수憂愁,
　까맣게 탄 모래 한 알이 된 그 가슴에서 울리는 기도 소리도.

8

어디에도 있을 것 같지 않은

얼어붙은 벌판,

쓸쓸한 겨울 오후를

그래도 이렇게 설레는

강물처럼

너를 마중하며 가는 것은,

어쩌면 낯 모르는 사람의 꿈속에서인가,

시방도 그치지 않은 채,

어디 땅속 시도록 깊은 데라도 남아 있다가

지금 씩씩한 아침 하나를 빚어내기 위해

뚫고 나오는 건지.

어두운 나의 귀

떨리며 울리는 그 소리

지금도 확실히 듣고 있기 때문인지.

불편한 내 잠, 흐느껴 울지라도

귀 막고 돌아누울 수는 없어라

부화되어 일어서는 나의 귀여.

이 시는 내가 만학晩學의 마지막 대학 생활을 보내던 1980년, 서울대 대학문학상에 당선된 시다. 드라마보다도 더욱 극적으로 펼쳐진 10·26, 그리고 12·12와 5·17, 5·18을 겪어내면서 겉으로는 다소 내성적인, 침울한 늙은 대학생에 불과했지만 나는 정신적 황폐감과 함께 엄청난 중압으로 압도해오는 시대 상황을 어떻게 할 수 없어 심히 비틀거렸다.

이미 1979년의 그 사태와 더불어 가을부터 시작된 휴교령은 그대로 동계 방학으로 이어졌고, 실기실 문이 잠겨버린 상태여서 따로 그림을 그릴 장소가 있을 리 없었던 나는 주섬주섬 책 보따리를 싸 들고 경기도 광주군 동부면 산곡리라는 곳으로 가서 백수건달 독서인으로 세 달을 보냈다. 이것저것 닥치는 대로 책을 읽어젖히면서 공포로 다가오는 시간의 하얀 공백과 괴물같이 가위 눌려오는 시대 상황의 가쁜 숨소리 사이에서 서성일 수밖에 없었다.

그해 겨울 어느 날 아침, 신문이 날아와 읽어보니 일시적으로 감옥에 갇힌 시국사범들을 풀어준다는 소식이 있었다. 신문의 굵은 활자와 그 밑의 깨알 같은 이름들 속에서 간혹 아는 이름들이 나왔다. 나와 비슷한 시기에 대학을 다니면서 함께 문학과 예술을 이야기하던 친구들의 이름을 대할 때 동시대를 살아온 젊은이인 내가 시골의 한 농가에서 느낀 그 죄스러움과 참담한 심정이란 뭐라 표현할 수 없는 것이었다.

〈겨울 기행〉은 이를테면 이러한 배경 속에서 일종의 면죄를 위한 참회 비슷하게 쓰인 시다. 1980년 2월 산곡리에서 철수할 때 〈겨울 기행〉의 초고도 함께 따라왔다. 버리긴 차마 아까워서 다소의 쑥스러움을 무릅쓰고 대학신문사에 투고했는데, 그 시대 특유의 공감대 때문이었는지는 몰라도 심사위원 교수들의 분에 넘치는 칭송과 함께 당선이 되었다.

그런데 당연히 신문에 실릴 줄 알았던 이 시의 게재가 돌연 취소되는 사태가 일어났다. 사정에 의해 게재할 수 없으니 당선 소감만 보내달라는 신문사의 전갈이 있었을 뿐. 그리고 다음 날 저녁 무렵 웬 낯선 청년이 내 실기실에 와서 여학생들에게 내 신상에 관해 묻고 가는 일이 발생했다. 그 며칠 후 나는 그 사람이 안기부에서 서울대에 파견되어 활동하던 대학 출판물 검열반원이라는 것을 본인의 고백을 통해 알 수 있었다.

가판架版을 찍었던 신문이 부랴부랴 수거되는 사태가 일어났는데 다행히 나는 인쇄 잉크가 군데군데 묻어 있는 그 가판 신문 한 장을 구할 수 있었다. 안기부의 젊은 직원이 돌아간 후 나는 텅 빈 실기실에서 망연히 밖을 바라보고 있었다. 어스름 녘이었는데 어두워지면서 노랗고 큰 달이 떠오르는 것이 보였다. 문득 고향 집에서 기다리실 노모 생각이 났다. 추석을 이틀인가 남겨놓은 때였다. 몹시 외롭고 막막했다. 죽은 듯 적막한 미대의 긴 낭하를 걸어 내려오는 동안 뼈에 저미도록 스며드는 외로움 때문에 하마터면 통곡을 할 뻔했다.

그런데 심사 소감과 당선 소감만 나란히 실린 〈겨울 기행〉을 보고 싶다는 젊은 독자들의 요청이 신문사와 내게 빗발치기 시작했다. 전국 각지에서 장장 육 개월간 그치지 않고 집요하게 〈겨울 기행〉을 게재해달라는 요청이 있었다. 급기야 대학신문사는 이러한 정황을 사고社告로 발표한 뒤, 다음 해 봄 4월 어느 날 전문을 원문대로 게재하기에 이르렀다.

지금과는 또 다르게 아직 그 시절만 하더라도 〈대학신문〉은 유력한 대학 저널이었다. 그중에서도 서울대 〈대학신문〉은 서울대인의 언론으로, 많은 학생이 애독하는 그야말로 범汎 대학인의 신문이었다. 그러나 〈겨울 기행〉이 실린 그 이듬해 나는 이미 대학생이 아니었을 뿐 아니라 마음의 상처와 불씨가 다 함께 사그라들어버리고 난 다음이었다. 그 후, 〈겨울 기행〉을 까맣게 잊고 있었는데 역대 서울대 대학문학상을 받은 작품들을 대학신문사에서 1988년에 책으로 묶어내는 바람에 다시 활자화되기에 이르렀다.

〈겨울 기행〉은 그 안기부 파견 요원이 행간에서 무슨 '불온한 의식'을 느꼈는지 모르겠지만, 결코 불온한 시가 아니다. 그것은 그저 격변의 한 시대를 말없이 견디며 살아온 한 내성적인 청년의 정신 상황에 대한 고뇌의 독백일 뿐이다. 그럼에도 불구하고 불온의 딱지가 붙어 결국 그 많은 우여곡절을 겪었던 것이다.

이런 비슷한 경험이 내게는 또 하나 있다. 〈새야 새야〉라는 지극히 아름다운 서정적 서사극을 쓴 일이 있다. 소재는 '동학'이지만 동학을 정면에서 다룬 것도 아닌, 그저 잔잔한 서정극에 불과한 이것을 후배들이 연극으로 올려보고 싶다 하여 제본까지 하고 대사를 암기하는 데 열을 올리고 있었는데 역시 '본부의 안기부 검열관'에 의해 '불온극'으로 찍혀 무려 서른 군데나 넘는 개고改稿의 지시와 함께 대본이 되돌려져 왔다.

때때로 시대의 광포함은 가장 온건하고 보수적인 성향의 예술 작품이나 사람마저 급진 혹은 불온으로 몰아 좌우 논리의 칼을 친다. 그때는 삼청교육이 맹위를 떨치던 시절이었다. 아이들이 졸라서 집 근처 제과점에 양과자를 사러 티셔츠에 운동화 바람으로 나왔던 한 개인택시 운전사가 팔뚝의 러브 마크 문신 때문에 빵 봉지를 들고 돌아오다가 불문곡직不問曲直 끌려가 개처럼 두들겨 맞고 사십 일 만에 풀려 나오던 험악한 시절이었다.

나는 그 '시대의 겨울'을
시라는 형식을 빌려서라도 표현하고 싶었던 것이다.

만도, 늦은 기도

추적추적 잔비가 뿌리던 11월의 어느 저물녘.

봉천동 고개를 넘다가 표표한 걸음걸이로 올라가던 안기현 형을 만났다. 두꺼운 헤겔을 옆구리에 끼고 춥게 보이는 코트의 깃을 잔뜩 올리고 있었는데, 망할. 이미 백오십 년 전에 죽어버린 그 서양 남자를 파먹느라고 지쳐버린 건지, 안경 너머 그의 눈은 좀 상해 보였지. 아니다. 그의 헝클어진 눈이며 그 미간과 눈썹 끝에 몰린 해묵은 먼지 같은 피로와 싫증은 사실 너무 서둘러 먹어버린 것 같은 정신의 나이나 그 두꺼운 책 탓이 아니고, 이 완악頑惡한 도시 한쪽에 발 디디고 사는 자라면 누구에서나 간혹 보여지는 그저 그런 정도였을 뿐.

맛없는 차 한 잔을 앞에 놓고, 이윽고 그는 이방 나라의 이야기처럼 낮은 목소리로 만도晚禱와 하루 세 번 기도의 시간을 알려주며, 이 세상 어느 곳에선가 지금도 어김없이 울린다는 삼종三種에 대해 들려주었다. 유리창 가득, 망막에 번지는 어슴푸레한 빗줄기 속에서 유독 나는 지나간 날들의 회한悔恨만을 띄엄띄엄 들여다보고 있었다.

태곳적부터 있던 사람과 사람 사이의 범접 못 할 질서, 때로는 아스라한 지평선이 되기도 하는 저쪽과 이쪽에서 어쩌면 똑같은 시대의 젊음을 누리고 지나온 그와 나의 흔적은 이렇게도 다른 것일까? 습관성 두통이 오면 내 손, 서랍을 열고 아스피린을 찾듯 그의 조촐한 책상 위에서라면 약병보다도 먼저 낡게 피어난 성경이 준비되어 있었을 마련이려니.

김 형, 내가 그만 못쓰게 상한 건강을 검은 가방 하나에 의지한 채 오래전 돌아간 내 가난한 어머니가 두고 간 낡은 찬송가 하나를 챙겨 넣고, 하늘나라라도 맞닿게 가파르던 캄캄한 산촌, 하루를 두고 고철 같던 협궤 철로를 달려 찾아간 오지, 갈기갈기 찢어진 내 남루 같은 정신과 육체를 눈물로 꿰매던 그 나날, 알기나 하세요? 왕관 하고도 못 바꾸겠다던 스물몇의 화창한 날들을 저당 잡힌 채 스스로 유배당했던 시간들을 알기나 하세요?

흥, 나는 무시로 바람 많던 남가좌동 골짝, 질펀한 모래내의 천막들과 깜빡이 불을 달고 가던 옛날식 화물차며, 목포의 눈물, 서글픈 동네 그곳의 이 층에 틀어박혀 미술이란 무엇인가, 건방진 책 줄이나 뒤적이며 시시비비나 가리고, 아아! 칼처럼 위험한 내 서 푼 논리 갈아대며 뾰족한 기침 소리만 키우다, 턱없이 비감하고 홀로 분노하고 그러다가는 제풀에 지쳐 쓰러지고……

노동이야 내가 배운 쇼펜하우어의 혀보다 더 진실되고 육친스럽고, 그러고도 내 마음 순하게 다스리긴 했지만……. 그러기는 했지만,

내 귀에는 때때로 두고 온 도회, 저 더럽고 질척거리는 소음들이 그립고도 사무쳐 견딜 수 없었지요. 그건 아마 내 마음 어둠 속에 깊이깊이 가라앉아 찾을 길 없는 오랜 참음과 감사며, 은혜, 겨자씨만 한 믿음이며, 사랑 같은 것. 아직 떠오르지 않아서였을까요. 그런 것이었을까요, 김 형?

그는 부끄러운 나에게 왜 하필 화살처럼, 그런 것을 물어 온다. 그렇지만 그것도 나중에는 껍질만 남고 나는 허물을 벗어내듯 그 모든 어지러운 꿈을 다 벗고 일어날 수 있을 것만 같았다오. 아침과 석양, 귀 기울이면 내 마음으로 걸어 들어오는 그분의 발소리, 나는 듣기 시작했으니까.

감자와 토란을 심고 거두는 일은 감자와 토란을 심고 거두기 위함이 아니고 바로 내 척박한 마음 밭을 가는 일이 되었고, 그분의 말 없는 섭리 앞에 내가 죽어지기 위한 위대한 연습 같은 것. 새벽의 첫 종소리. 비둘기처럼 고요히 우리의 잠 그 머리맡에 나리울 때 차고 시린 계곡의 물 귓가에 흘러오고 살얼음을 깨어 청정한 그 물에 발과 손을 헹구어내어 누리는 하루의 시작을 아세요? 김 형, 다른 무엇보다 앞서 기도로서 열었지요.

그의 차는 식고, 그러나 참으로 알 수 없는 감동이 그의 나직하고 한숨 같은 입술 사이로 스며 나와 새로운 온기를 만들어 문득 그 감동에 모든 것 던지고 단지 굴복하고 싶어진다. 오후 6시 반에.

지극히 상투적이고 시침 떼는 낯바대기 비닐우산으로 가리고 신촌이며 용산 굿판이 열리는 질척이는 골목이나 미술관 따위, 저 잘난 문화인들 흉내나 내며, 참으로 못되게 버려놓은 미각을 섬기느라 천천히 커피잔을 들어보는 일상, 그 조금은 안돼 보이기도 하는 낯선 자와 같은 나의 모습이 흐려진 유리창 너머로 목을 떨구고 지나가는 것을 힐끗 나는 바라보았다.

땅을 일구고 씨감자를 흙 속에 묻고 일어설 때, 감겨 오며 끌려간 데 없는 그 보라색 어스름, 그 불가사의한 색, 신비롭게 대지를 덮을 때 내 몸에 무기처럼 간직했던 행간의 서너 줄 지식, 오직 휴지처럼 바람에 날리던 것을, 창백하여 비닐 그 시린 물에 씻고 돌아설 때, 솔바람 소리는 내 몸에 마지막 남은 티끌 한 개까지 날려 보내는 것이었지요. 알기나 하세요? 그 향기롭고 그윽하던 나라의 꿈결 같던 나날들을, 김 형.

광화문 네거리를 나는 비에 젖어 걷고 있었지. 제각기 분주한 육교 위에서 젖은 날개를 펄럭이며 죽어가는 노란 나비 한 마리를 보았어. 조심해! 휘청거리는 다리. 위선으로 감싸며 옛날의 중대장처럼 위엄을 부리고 나는 나를 타이르며 가급적 바쁜 척 그렇게 사람들 속으로 사라지고 있었다. 뎅겅뎅겅 골짝마다 은은하게 퍼지는 저녁 종소리, 미워하는 자도 맛있게 먹고 슬퍼하는 자도 많이 먹어라. 새 찬송가 33장, 마알간 산나물, 쑥국 냄새와 함께 오늘치 양식이 놓여 있는 식탁, 뜨거운 김은 향기롭게 피어나 우리가 드리는 기도의 언저리를 맴돌고……, 김 형.

도도한 주흥酒興, 왁자한 열기, 객기처럼, 해치워야 할 적처럼 이를 악물고 찡그리며 나는 술잔을 넘기고. 자식, 계집애처럼 쩨쩨하긴. 더 부어라, 자식. 여기저기서 넘쳐나는 술잔. 스피커는 쾅쾅, 목청을 돋우고 자욱한 담배 연기, 후끈한 고함 소리. 아, 남루처럼 처참하게 구겨진 그 숱한 예술, 동대문시장 포목보다도 싸구려로 팔려가는 예술론들. 내 비틀거리는 발치에, 옛다, 위대한 좌절 뼈다귀처럼 던져주며 감기가 탈이야, 크리넥스의 검은 승용차를 향해 천천히 그 문을 열고 밤의 불빛 속으로 사라져가던 잘난 이들의 무용담.

밤 11시 반에, 언짢게 삐걱거리는 넉실한 계단을 걸어올라, 늘 낯설게 더듬거리는 내 자물통에 열쇠를 맞출 때, 11월, 그 밤의 섬뜩한 냉기가 나를 거부해서가 아니라, 오늘 밤도 난감한 금속의 자물통,

그 어려운 구멍, 어둠 속에 올망졸망 놓여 있을 석고상, 한때는 내게 밥을 날라주던 그것들이 나를 배반해서가 아니라, 지지리 못난 내 몸뚱어리 한시도 놓아두지 않고 감기는 온갖 자책이며 비감, 분노, 서러움, 그런 것 때문이 아니라, 정말이지 그런 것 때문이 아니라, 끝내 열쇠 구멍은 찾아내지 못한 채 결국에는 문 앞 차디찬 바닥에 비슥이 쓰러질 뿐인, 기도여, 종소리, 너무 멀어 들을 수 없던 나날들.

김 형. 스물몇 살, 그 왕관 같은 시절, 뽐내던 국립대학의 빛나는 부호, 흐드러진 개나리, 왁자한 웃음, 아끼던 책 몇 권이며 바이올린의 그 호사한 현음絃音, 오래 껴안고 싶던 그것들, 그러나 그보다 더 귀한 무엇이 이 세상 숨 쉬는 곳마다 반드시 있다는 것을 결국에 나는 그 멀고 먼 유배지에서야 알아냈습니다. 김 형은 아세요? 나는 알았습니다.

마침내 그와 나의 마지막 차는 식고, 도회의 창자를 흘러와서 소沼처럼 가라앉는 그 물의 깊이를 가늠하듯 바라보다가 이제는 피차 모두 용서하기로, 홍수 같은 이곳에서라도 뒤늦게나마, 종소리 울릴 때면 서로가 서로를 찾기로 하고, 언제 다시 한 번 만날 것을 기약하면서, 그러나 이곳을 떠나면 새로 찾아오는 봄엔 제각기 어디에 있을지 염려하면서 찻값은 그가 치르고, 빗줄기가 수묵처럼 비슥이 번지는 유리문을 밀기 전, 깜빡 잊을 뻔했다. 이 세상에 나갈 때면 생기는 모자처럼, 토큰은 위 포켓에, 상투적인 긴장은 목뼈와 어깨 쪽 근처에 각각 준비하고 우리는 밖으로 나왔다.

스모그인가 하는 뼈기는 근대화의 유산이 가리운, 상고 때라면 지금쯤, 가슴 저리게 푸르렀을 한반도하고도 봉천동 하늘, 그 밑에서 아직도 차고 시린 땅 밟고 서서, 저 고개에 이제 곧 시름없이 내릴 희끗한 눈발을 생각하며, 어쨌든 자, 우리는 악수하고 눈썹 끝에 몰려 있는 오늘치의 피로쯤 쓱쓱 문지르며, 11월, 그 이상하게도 형이

상학적인 시간의 제각기 다른 모서리를 찾아 돌아서기 시작하는 시
간, 문득 수만 개 난타하며, 환청되어 들리는 저녁 종소리.

번쩍 고개를 쳐들었을 때, 아아, 누가 걸어두었는가.
저 춥고 시린 허공에 번지는 따스한 불빛 하나.

〈만도〉

칠집 김씨

신림동 순환도로변에 화실을 정한 지 벌써 다섯 해가 되었다. 이 다섯 해 동안 밥을 대어 먹고 있는 뒷골목 식당에서 나는 '칠집 김씨'로 통한다. 주로 공사판 인부들이 이용하는 이 밥집은 별의별 직종의 '노가다'들이 다 모이는 곳인데 식사도 푸짐하고 사람들도 재미있어 나는 만족하고 있다. 부드럽고 간지러운 예의나 매너 따위는 애당초 없고 사내들의 억센 힘과 투박한 억양과 그리고 무지막지한 식욕들로 늘 떠들썩하다. 거기서는 욕지거리마저 건강하다. 인부들은 대개 식당 한 곳에 비치되어 있는 작은 공책들 중 하나에 자기 직업을 쓰고 스스로 바를 정正 자를 그어가면서 식사를 한 후 월말에 값을 치르곤 하는데 겉표지엔 저마다 '미장 이씨', '목수 오씨',

'세멘 조씨' 등의 글씨가 써 있는 것이다. 처음 나는 반은 장난기로 '칠집 김씨'라고 쓰고 역시 바를 정 자를 그어가며 식사를 하기 시작하였는데 내가 늘 물감이 묻은 작업복 차림으로 드나들었기 때문에 '칠집 김씨'의 신분에 대해 의심하는 사람이 아무도 없었다. 언젠가는 주인아주머니가 김치찌개 얼마, 비빔밥 얼마 따위의 메뉴판을 가리키며, "김씨, 틈나면 저거 하나 다시 써줘요"라고 부탁할 정도였다. 그러던 것이 그만 신분이 들통나버리고 말았다. 제자들이 찾아와 무심코 그 식당에서 함께 식사를 하던 중에 우리의 대화를 유심히 듣고 난 아주머니가 정색을 하고 나섰던 것이다. 아주머니는 반은 놀라고 반은 미안해했다. 그러나 기실 따지고 보면 '칠집 김씨'야말로 제대로 된 나의 직함이 아닌가 싶다. 하루 종일 칠하고 칠하는 사람, 얼마나 아름다운가. 앞으로 보다 철저한 칠집 김씨가 되는 것이 내 꿈이다.

자장면과 그림

내가 사는 난곡 입구는 정겨운 서민 동네다. 같은 서울이지만 압구
정동 같은 동네와는 다른 나라처럼 다르다. 그곳에 화실을 정하고
오 년간 살면서 세탁소 주인, 구멍가게 주인, 중국집 배달 청년 등
과도 수인사를 하며 지내게 되었다.

화실에 오면 '밥집'에서 바를 정正 자를 그어가며 식사하는 경우
가 대부분이지만, 나가기 귀찮을 때면 대개 근처 중국집에 전화를
걸어 자장면으로 식사를 때워버리게 된다. 어느 날 밤에 자장면 한
그릇을 시켰는데 달랑 이천 원짜리 자장면 한 그릇을 들고 밤길을
온 청년에게 참 미안한 생각이 들었다.

"미안하긴요, 장사인걸요."

"그래도 한밤중인데……."

그랬더니 그가 불쑥하는 말이 "정 그러시면 저기 저 그림이나 하나 줘요"였다. 나는 조금 당황하여 "그림?" 하고 애매하게 웃고 말았다. 며칠 후 점심에 그 청년이 다시 배달을 왔다. 그때는 마침 후배가 함께 있었다.

배달 온 청년은 음식을 내려놓고 나서 "아씨(아저씨) 그림 언제 주실 거예요?" 했다.

"무슨 그림?" 하고 내가 정색하여 물었더니 "에이, 딴청 피우지 마세요. 저거 주시기로 하셨잖아요" 했다.

닭 두 마리가 서로 노려보고 있는 먹그림이었다. 어느 박물관에 가 있는 연작 중 하나였다.

어리둥절한 후배가 청년에게 물었다.

"저걸 그냥 달라고?"

청년은 웃지도 않고 "주시기로 했다고요" 했다.

"세상에 저게 얼마짜린 줄 알기나 하나?"

후배가 정색하고 묻자 그는 "얼마게요?" 하고 빤히 우리를 쳐다
보았다.

"엄청나게 비싸."

후배가 말하자 그는 피식 웃었다.

"뻥 까지 마요. 주기 싫으니까……."

"정말이라니까 그러네."

후배가 다시 말하자 그는 "……. 그런 돈 주고 누가 사는 사람이
있어요?" 하고 물었다.

"그럼, 있고말고" 하고 후배가 말하자 청년은 "미친것들"이라고
말했다.

나는 깜짝 놀라 그 청년을 바라보았다.

"누구……? 나…… 말인가?"

그는 아무렇지 않게 말했다. "다들 말이에요. 웃기는 짬뽕들이야."

그는 중국집 배달 청년답게 음식 이름을 넣어 야유를 했다.

후배와 나는 입을 다물 수밖에 없었다.

"생각해봐요. 저 시커먼 닭, 저게 진짜 닭이라 해도 몇 푼 가겠어요? 종이에 찍찍 그린 걸 가지고⋯⋯. 가만 저거 오골계예요?"

후배와 나는 폭소를 터뜨렸다.

청년은 머쓱해져서 "관둬요. 주신다고 해도 별로예요. 씨팔. 되게 덥네" 하며 '쓰레빠'를 찍찍 끌고 가버렸다.

그가 함부로 툭툭 말을 내뱉고 사라져버린 다음, 불의의 일격을 맞은 것처럼 얼얼했다. 기상대가 관측한 이래 가장 무더웠다는 그

해 여름, 그는 쉴 틈도 없이 배달을 다녔을 것이다. 한 달 일해 그가 받는 알량한 급료라는 것이 몇 푼이나 되었겠는가. 나는 묘하게도 "미친것들"이라고 내뱉은 그 말이 통쾌했다. 소낙비 속에 든 것처럼 신선한 기분이었다. 그러고 보면 우리네 미술가들도 반성해야 된다는 생각이 들었다. 나는 분명 '미술 동네'에 살지만 '뼈를 깎는 창작의 고뇌' 어쩌고 하면서 상대방 눈을 빤히 쳐다보며 숨이 막힐 정도의 그림값을 부르는 사람들(비록 소수라 할지라도)보다는 결단코 그 청년의 편을 들고 싶은 심정이다. 이 시대엔 이미 사는 것 자체가 뼈를 깎는 어려움을 요구한다. 그러고 보면 나야말로 돼먹지 않았다. 닭 두 마리 그려놓고 무슨 수작이란 말인가? 혹 오골계라면 몰라도…….

미팅 이야기

연두색 풀들이 조용히 흔들리고 흙바람 속에 분홍색 꽃잎이 날리던 대학 1학년 봄. 첫 미팅을 앞두고 나는 마음이 설레 견딜 수 없었다. 가장 합법적으로 손가락이 희고 긴, 여대생과 대화한다. 흥분하지 않을 수 없었다. 그때만 해도 여대생이 귀했다. 여대생은 꽃으로도 때릴 수 없는 고귀한 그 무엇이었다. 더구나 그때까지 나는 어머니와 누나를 제외하고는 여자와 이야기를 나누어본 적이 거의 없다시피 했다. 미팅은 오후 3시인가 4시 동숭동 학림다방 근처 이 층 목조다방에서 하기로 했다. 상대는 E여대 교육학과 학생들이었다.

약속 장소에 시간 맞춰 나가기로 하고, 변두리 극장에서 혼자 무협 영화를 하나 보았지만 내용이 머리에 들어오지 않았다. 영화가 끝나고도 시간은 턱도 없이 많이 남았다. 영화관 근처 다방에서 혼자 곰곰 생각하니 아무래도 여학생 앞에서 실수를 하게 될 것만 같았다. 세련된 여대생 앞에 앉아 주어진 시간을 제대로 리드할 자신이 없었다.

문득 초등학교 4학년 때 교내 웅변대회 생각이 났다. 무대에 오르기 직전, 강당에 찾아오신 아버지께서 박카스 한 병과 하얀 알약을 주시면서 신경안정제라며 먹으면 떨리지 않고 잘할 수 있을 거라고 하셨다. 그 생각이 나서 약국에서 신경안정제를 한 알 사서 미리 복용한 후 동숭동으로 향했다. 차가 동숭동에 닿았지만 신경안정제는 약효가 없었다. 이러다 내가 터무니없이 우스운 실수를 하고 말지 싶었다. 물컵이라도 엎지르지 않을까? 설탕을 떠 오는 티스푼이 사람들이 다 알아보도록 떨리는 것은 아닐까? 상대가 전혀 예쁘지 않다면 차라리 좋겠는데. 덜 떨릴 테니까. 이런 생각을 하며 다시 약국에 들러 신경안정제를 한 알 더 사 먹고 미팅 장소에 갔다.

내 상대는 아직 여고생 티가 가시지 않았는데, 한껏 성장盛粧하

고 있었다. 그녀는 어리바리한 내 모습이 재미있는 모양이었다. 고양이가 공을 가지고 놀 듯 마구 질문을 쏟아놓았다. 내가 별로 맘에 들지 않는 기색이 역력했다. 커피도 홀짝거리며 마시고 가져온 비스킷도 함부로 먹어댔다. 오른손으로 턱을 받치고 빤히 내 눈을 들여다보며 호적계원처럼 일일이 가족 사항을 조사하는가 하면 대답에 고개를 크게 끄덕이기도 했다.

첫 미팅의 환상이 서서히 깨져갔다. 그러면서 긴장도 풀렸고, 긴장이 풀리자 졸음이 쏟아지기 시작했다. 두 알씩이나 먹은 신경안정

제가 효과를 발휘한 것이다. 허벅지를 꼬집어도 눈이 감겼다. 졸음을 참느라 이마에선 진땀이 나는데도 눈꺼풀은 내려앉았다. 미칠 지경이었다. 한참 재잘거리던 여학생이 "어머 이 사람 좀 봐. 자는가 봐" 하고 소리를 지르자 모두들 "와" 하고 웃어댔다. 정신이 번쩍 들어 눈을 뜨고 "죄송합니다" 어쩌고 하면서 그곳을 거의 도망치듯 나와버렸다. 뒤통수가 얼마나 간질간질하던지. 계단을 내려오며 이놈의 미팅 다시는 안 한다고 결심했지만 얼핏 두 번째는 잘할 수 있을 듯한 자신감 같은 것도 있었다.

이번엔, 하면서 나간 두 번째 미팅도 동숭동에서였다. 이미 나는 신경안정제 따위를 복용하고 있지 않았다. 지정된 다방은 빌딩 지하였다. 소변을 보고 가려고 이 층 화장실에 들렀는데 뭔가 이상했다. 남자 소변기가 안 보이는 것이다. 급한 김에 칸막이 문을 확 열었는데 아뿔싸, 젊은 여자 하나가 황급히 옷을 추스르고 일어서며 매섭게 쏘아보는 것이다. 알고 보니 여자 화장실이었다. 남자 화장실은 그 위층이었다. 문을 닫고 돌아서서 보니 조그마한 단발머리 여자 얼굴이 문짝 위에 붙어 있었다.

그날은 제비를 뽑아 상대를 정하는 날이었다. 소변을 보고 지하 다방으로 가서 제비를 뽑았다. "3번!" 사회자가 내 제비를 펴보며 소리쳤다. 저쪽에서 3번 쪽지를 가진 여학생이 걸어왔다. 어디서 많이 본 듯한 얼굴이었다. 마주 앉고 보니…… 조금 전 화장실 문을 열어젖혔을 때 황급히 추스르며 쏘아보던 그 얼굴이었다. 하나님이 막으시나 보다. 그 지하 다방을 나오면서 나는 그런 생각을 했다.

바깥은 어두운 밤이었다. 하늘엔 제법 별이 성글었다. 센강이라

불리는 동숭동 천변을 걸어오면서 나는 쓸쓸했다. 남들은 보통으로, 그리고 재미있게 해내는 일이 내겐 왜 이렇게 어려운지……. 답답했다. 울고 싶었다. 다음번 기회가 온다면…… 하고 생각해보기도 했지만, 그다음엔 흐지부지 그런 기회조차 만들어지지 않았다. 세월이 가고 있었고, 나는 캠퍼스를 떠나 군대로 떠나는 열차에 몸을 싣고 있었다.

미팅의 계절은

그렇게 흘러가버렸다.

배꽃 질 무렵

말이 없다 못해 침울하기까지 했던 날이 대부분이었던 고등학교 시절 중에도 잔잔한 설렘으로 다가오는 추억이 있다. 그 시절 나는 멀리 바다가 바라보이던 인천 송도 가는 길에서 어머니, 손위 누나와 함께 살았다. 야트막한 뒷간이 과수원과 가까워 철따라 하얀 배꽃이 눈처럼 바람에 날리곤 했다.

마당을 가운데 둔 기역 자 집 건너편에 나보다 한 학년 아래인 여학생 B가 살았다. 상업학교에 다니고 있었는데 하얀 세일러복에 두 갈래로 딴 머리가 정갈했다. 남편을 여의고 일찍 홀몸이 된 걸걸한 이북 사투리의 B 어머니는 내가 학교에서 돌아오면 "우리 사위 왔구먼" 하고 껄껄 웃으며 찐 감자 따위를 내왔다. B는 그때마다 얼굴이 빨갛게 되어 자기 어머니를 흘겨보곤 했다. 등하굣길에 B를 자주 마주쳤는데, 그때마다 나는 괜히 근엄한 표정을 짓곤 했다.

딱 한 번 B가 학교에서 계절에 맞는 시를 지어 오라고 했는데 너무 어렵다며 우물쭈물 내게 왔다. 햇볕이 쨍한 한낮이었다. 모깃소리만 하게 "오빠"라고 하며 노트를 내밀더니 제목을 좀 써달라고 했다. 내리깐 B의 눈썹이 파르르 떨렸다. 그렇게 가까이서 B의 얼굴을 보기는 생전 처음이었다. 햇빛 때문에 이슬 같은 땀방울이 맺혀 있었고, 콧잔등에는 주근깨도 몇 개 있었지만 놀랍도록 투명하고 깨끗한 얼굴이었다. 그때 〈메밀꽃 필 무렵〉이라는 소설 제목이 떠올라 나는 '배꽃 질 무렵'이라고 하면 어떻겠냐고 했다. "동산에 배나무가 많으니까"라고 얼버무리면서 나도 얼굴이 붉어졌다. B는 좋은 것 같다면서 그렇게 써보겠다고 했다. 대학에 입학할 무렵, 우리는 인천 시내로 옮겨 살게 되었다. 그렇게 B는 다시 보기 어려워졌다.

몇 년 후 군대에 가기 위해 학교를 쉬고 있을 때 송도 가던 길에

버스에서 B를 만났다. 그녀는 회사엘 다니고 있었다. 몰라보게 숙성한 모습이었다. 그날 B의 집에 들르게 되었다. 걸걸하고 혈색 좋던 이북 아주머니는 몇 년 사이에 수척한 모습으로 앓아누워 있었다. 신병이 깊어 보였다. 아주머니가 내 손을 잡고 말했다. "사위……, 재 중매 좀 서게." B는 다소곳이 눈만 내리깔고 있었다.

B와 뒷산으로 나왔다. 배꽃은 온데간데없었다. 산 중턱까지 불도저가 밀고 와 있었다. 개발이 시작된 것이다. 아침저녁으로 동네 스피커에서 군가 같은 새마을 노래가 나오던 시절이었다. 언제 한번 다시 보자고 하고 그곳을 떠났다.

스무 해쯤 흘렀다. 어느 날 학교 연구실로 어느 갈라지고 쉰 목소리의 여인이 전화를 걸어왔다. 뭔가 떠듬떠듬 설명하는데 감이 잘 잡히질 않았다. 잘못 온 전화인가 보다 생각하고 있는데 "바다……" "송도……" "목련동……" 이야길 했다. 그리고 "배꽃이 많던……"이라고 했을 때에야 비로소 그녀가 B임을 알았다. 희미한 기억 저편에 갈잎처럼 흔들리며 여고생의 모습 하나가 서 있었다. 무슨 스포

츠 신문인가에서 나를 보았다는 것이다. "지금 뭘 하지? 남편은?"
이라고 묻자 "그냥…… 살아요"라고 대답했다. 건조한 목소리였다.

언제 한번 들르겠다고 하고서는 몇 달 뒤에야 친구 양梁의 차를
타고 인천엘 갔다가 문득 생각이 나 그녀가 전화로 불러준 곳을 어
림잡아 찾았다. 옛집에서 멀지 않은, 그러나 더 산 쪽으로 올라간
곳에 있는 나지막한 단층집이었다. 가난과 남루의 냄새가 왈칵 다
가왔다. 사립을 밀자 마루에 앉아 있던 여인이 일어났다. "우리 사
위……"라고 했던, 병석에 누워 있던 B의 어머니 모습 그대로였다.
놀랍도록 앙상하게 마른 모습이었다. 생활의 어려움이 곳곳에 배어
있었다. 몸이 아픈 듯했다.

"어머니는……?" B가 쓸쓸히 웃었다. "돌아가신 지 오래예요. 사
윗감이 오신 걸 보셨으면 반가워했을 터인데……." B가 제법 농담
이라고 했다. 옛날 햇볕 아래 봤던 그 투명하고 홍조 띤 얼굴이 아
니었다. 마른 낙엽처럼 시들어 있었다.

키가 건장한 학생 아이가 사립으로 들어섰다. "오늘 안 된대요."

사내아이가 퉁명스럽게 말하자 그녀가 "알았다, 나쁜 새끼……" 하고 거칠게 받아 나는 깜짝 놀랐다.

"아들이에요."

아이는 꾸벅 인사를 하고는 제 방으로 들어갔다.

"애 아빠는?"

"……."

B는 말이 없었다. 그새 많은 사연이 지나갔구나 하고 짐작할 수 있을 뿐이었다.

"할머니는 건강하세요?"

내 어머니 말이었다.

"별로 그렇지 못하셔."

다시 말이 끊어져버렸다. 진공 상태 같은 답답한 침묵이 흘렀다.

멀리 인천 앞바다는 해소를 앓는 짐승처럼 옛 모습 그대로 누워 있었다. 까닭 모를 슬픔 같은 것이 밀려왔다. '세월은…… 늘 나를 속이고 간다'라는 누군가의 시구가 떠올랐다. 더는 별로 할 말이 없었다. 함께 간 친구 양이 차에서 클랙슨을 짧게 눌렀다.

"갈게……."

나는 일어섰다. 당황한 듯 B가 따라 일어섰다.

"언제 한 번쯤 더…… 오실래요?"

나는 그저 바라다보았다.

"……그냥."

B는 애써 웃어 보였다. 문득 B의 집에 다시 들른다면 그건 십 년 후가 될지 이십 년 후가 될지 모를 일이라고 생각됐다. 그때 우리는 또 어떤 모습으로 바뀌어 있을까.

배꽃이 필 무렵이었지만 천지에 배꽃 같은 것은 흔적도 없었다. 하얗게 바스러지는 시간의 저편에 흔들리는 풍경으로 서 있는 세일러복의 여고생 모습이 보였다. 그 위로 거미처럼 마르고 창백한 B가 웃을락 말락 차창 밖으로 손을 들어 보였다.

사랑일까

"내가 그리워했던 것은 부드러움입니다. 어머님, 누님, 비둘기, 무구하게 웃는 아기……."

그렇다. 내가 그리워했던 것은 부드러움, 혹은 그와 같은 막연한 그 무엇이었다. 부드러움 하면 아련히 떠오르는 눈물겹도록 감미로운 기억이 내게는 있다. 어쩌면 그것은 첫사랑 같은 감정이 아니었는지도 모른다.

솔밭이 빽빽하던 남녘의 작은 초등학교에서 나는 J 선생님을 만났다. 담임 교사와 반장 사이로 만난 그이를 나는 누나처럼, 어머니처럼, 그리고 때로는 육친 이상의 감미로운 감정으로 따랐다. 선생님은 함부로 욕지거리를 내뱉는 시골 아낙들과는 달리 우리를 "어린이 여러분"이라고 했고, 꼬박꼬박 존댓말을 썼다. 불량기 있는 시골 어린아이들은 그렇게 존댓말을 들으면 키득거리고 웃었지만 아무도 싫어하지는 않았다.

집에까지 가려면 큰 개울을 건너야 했던 나는 비만 오면 선생님의 목조 관사에서 단둘이 잤다. 한밤중 선생님 방에 누워 있으면 앉은뱅이책상을 마주한 선생님의 가냘픈 등과 벽에 출렁대는 호롱불 그림자가 보이고, 귓가에는 가득 무논의 개구리 울음소리가 들려오곤 했다. 그런 날 밤, 선생님은 으레 어디론가 편지를 쓰곤 했고, 그 주인공이 가끔씩 그 방에 찾아오곤 했다. 키가 껑다리였던 그이도 고개 너머 작은 학교의 선생님이었다.

그토록 예쁜 우리 선생님이 왜 그렇게도 늙어 보이는 사람과 좋아 지내는지 분통이 터져 나는 견딜 수 없었다. 내가 선생님의 관사에서 자던 날, 그 껑다리 아저씨는 "하, 고놈 세상모르고 자는군요" 어쩌고 하면서 선생님을 데리고 어두운 밖으로 사라졌다. 그런 날이면 나는 선생님이 돌아오기까지 잠을 이룰 수 없었다. 한참 만에

야 어둠 속에서 돌아온 선생님이 이불을 덮어줄 때 속으로 슬프고 분해 씨근대던 일이 생각난다.

4학년을 마치고 읍으로 전학 온 나는 가끔씩 옛 급우들을 만나 선생님의 안부를 무심한 체, 그러나 가슴 졸이며 묻곤 했다. 중학생이 되던 해, 나는 선생님과 꺽다리 아저씨가 결혼했다는 소식을 알게 됐다. 그리고 키득거리며 전해주는 옛 악동들의 입을 통해 선생님의 배가 남산만 해져서 계단을 오르는 데도 식식댄다는 처절한(?) 이야기를 들었다. 그때의 깊은 배신감과 낙담은 이루 말할 수 없었다.

중학교 2학년이 되어서야 나는 선생님을 '포기'하게 되었다. 그런 내 앞에 하얀 세일러복의 여고생 한 명이 새롭게 떠올랐다. 교회 성가대에 그림처럼 앉아 있던 그 여학생은 여고에 다니던 누나의 친구였는데, 그때 내 머릿속은 온통 어떻게 다섯 살의 나이 차를 극복하고 그녀랑 결혼할까 하는 생각으로만 가득했다. 누나가 내 일기장을 훔쳐보고 대경실색하는 바람에 비참하게 끝나버렸지만…….

지금 곰곰 생각하면 그 여고생 누나 역시 J 선생님의 그 자애롭고
부드러운 모습을 신기하게도 닮아 있었다.

꼬마 김씨

어느 늦은 가을, 어릴 적 다니던 교회에 가서 예배를 드린 적이 있습니다. 교인들은 대부분 농부와 그들의 식솔이었는데, 오십 석쯤 되는 예배당에는 간혹 어릴 적 보았던 분들이 계셨습니다. 서른 해 전에 지금의 나보다 더 젊었던 분들이 할아버지가 되어 있었고, 내가 어릴 적 노인이셨던 분들은 찾아볼 수 없었습니다. 사람, 있다가 없는 존재.

그중 '꼬마 김씨', 학교 앞에서 리어카를 끌던 그 아저씨가 보였습니다. 어렸을 적에는 교회에서 그분을 보지 못했는데, 언제부터 교회에 다녔는지는 모르지만 내가 예배에 참석한 날, 꼬마 김씨 내외도 보였습니다. 참 반가웠습니다. 꼬마 김씨는 키가 백오십 센티 미터쯤 되는 분입니다. 그리고 그분의 아내는 또 그보다도 십 센티 미터쯤 작습니다. 그래서인지 어렸을 적 어른 애 할 것 없이 그분을 '꼬마 김씨'라고 불렀습니다.

그날은 예배 후 추수감사절을 기념해 어린이 연극이 있었습니다. 꼬마 김씨 내외는 즐거워하면서 그 연극을 보고 있었습니다. 그런데 얼마 후 꼬마 김씨는 자리에서 일어나고 싶어 하는 것 같았습니다. 그는 자기 아내 쪽을 바라보며 엉거주춤 자리에서 일어나려 했습니다. 그때 뒷좌석의 할머니 한 분이 엄한 표정으로 가만 앉아 있으라고 하자 다시 자리에 앉았습니다.

한 프로그램이 끝나고 막간에 다시 꼬마 김씨는 미안한 듯한 얼굴로 자리에서 일어나려 했습니다. 아마 집에 손님이라도 오기로 한 듯싶었습니다. 이번에는 할머니가 뒷좌석까지 소리가 들리게 을러댔습니다.

"왜 일어났다 앉았다 하는 거야? 주제에 뭐 바쁜 일이 있다고……."

꼬마 김씨는 더욱 미안한 듯 웃으며 뒤를 돌아보고 뭐라고 입을 달싹였지만, 할머니는 다시 짜증을 냈습니다.

"가만 앉아 있어!"

그러자 꼬마 김씨와 그의 아내는 다시 자리에 앉고 말았습니다. 그때 나는 희미한 흑백사진처럼 옛날 일 한 토막이 떠올랐습니다. 마흔 해 전, 내가 초등학교 5학년 무렵이었을 때의 일입니다. 꼬마 김씨는 그때 내가 다니던 초등학교의 용역으로 가끔 불려 왔습니다. 그런데 꼬마 김씨가 학교 용역으로 일을 도와주던 날, 학교에서 도난 사건이 있었습니다. 창고에 두었던 밀가루 두 포대가 없어진 것입니다. 파출소에서 순경이 왔습니다. 순경은 몇 사람의 얘기를 대충 듣고 나서 꼬마 김씨를 불렀습니다. 그는 우선 와들와들 떨고 있는 꼬마 김씨의 뺨을 냅다 후려쳤습니다. 그런 다음 멱살을 쥐고 서는 날카롭게 째려보며 말했습니다.

"새끼, 너지?"

꼬마 김씨는 캑캑거리며 잔뜩 겁을 먹었지만, 아니라는 말을 못

했습니다. 아이들은 운동장에 모여 모두 숨을 죽여가며 그 광경을 바라봤습니다. 그때 뚱뚱한 서무주임이 어색하게 웃으며 운동장으로 걸어와 순경에게 뭐라고 설명했습니다. 아마 밀가루 포대를 잘못 계산한 것 같다고 말하는 것 같았습니다. 꼬마 김씨가 범인이 아닌 게 분명했습니다. 꼬마 김씨가 영문을 몰라 우물거리자 "빨리 못 꺼져?" 하고 순경은 손을 올러멨습니다. 꼬마 김씨는 그제야 안도하는 얼굴로 도망치듯 빠른 걸음으로 그곳을 빠져나갔습니다.

교회 행사가 끝났을 때, 나는 꼬마 김씨 내외를 뒤따라가다가 "김씨 아저씨!" 하고 불렀습니다. 내 목소리가 조금 컸던지 김씨가 흠칫 놀라 나를 바라보았습니다. 조금은 불안한 기색이었지만 이내 온 얼굴이 평화스럽게 되었습니다. '세상에 어쩌면 저렇게 어린아이 같을 수가……' 하고 나는 속으로 놀라지 않을 수 없었습니다. 꼬마 김씨 부인은 남편 뒤쪽으로 몸을 반쯤 가리며 나를 한 번 보고는 눈을 내리깔았습니다.

나는 미안해져서 "안녕하세요?" 하고 웃어 보였습니다. 꼬마 김씨 내외는 그제야 얼굴에 웃음을 가득 지어 안심하며 기분 좋아했습니다. 꼬마 김씨 부인은 얌전하게 깊이 머리를 숙여 내게 절을 했습니다. 나는 딱히 할 말이 없어서 안녕히 가시라고만 일렀습니다. 작별하고 나서 길을 건너 저만큼 걸어가는 꼬마 김씨 내외를 나는 물끄러미 바라보았습니다. 괜시리 눈물이 그렁해졌습니다. 가로수에 마지막 남은 잎들이 떨어져 도로에 굴러다녔습니다. 꼬마 김씨 내외는 내가 다녔던 초등학교 앞길을 막 지나가고 있었습니다. 옛날 그대로 자박자박 어린아이 같은 걸음걸이였습니다.

그제야 나는 문득 그가 성자聖者라는 것을 깨달았습니다. 내 청년기에 아주 유명한 사람들의 얼굴이 내 삶의 앞을 지나갔습니다. 유명한 화가, 유명한 정치인, 유명한 기업가, 유명한 종교인, 유명한 누구, 유명한, 유명한……. 이런 식으로 말입니다. 그들은 한동안 내 눈앞을 어지럽게 했습니다. 높은 목청들이 내 귓가를 때렸습니다. 그 모든 주의 주장들이란 결국 내가 옳다는 것들이었지요. 그러나 마흔 살이 넘어서면서 나는 내가 목표로 하는 인간상을 교정하

게 되었습니다. 예술이나 지식으로 쌓아 올린 인간상은 차라리 쉬웠습니다. 꼬마 김씨는 그런 인물들과는 전혀 다른 피안彼岸에 있는 그런 분이었습니다. 나는 그분의 얼굴에서 차라리 아득한 절망을 느꼈습니다. 너무나 접근하기 어려운 먼 거리에 서 있는 것으로 생각되었기 때문입니다. 그분은 오랜 세월 누워 자지 않았다거나 하는 수행의 공적을 가지고 있지는 않지만 왜 그런지 자꾸 가마득한 먼 곳에 서 있는 모습으로 떠오르는 것입니다. 그것이 아득히 먼 거리이기는 하지만 이제라도 진정 나는 내가 되고 싶은 얼굴의 초상 하나를 새로 얻은 것이 그나마 참 다행이라고 생각됩니다.

목수 하령 아재

지금도 의문인 것은 그리 정 많고 인자했던 나의 어머니가 왜 유독 목수였던 하령 아재에게만은 깐깐하고 인색하게 굴었던가 하는 점입니다.

시내를 빠져나가 용두산 가는 길에 하령 아재의 외딴집이 있었지만, 그이는 집을 비워놓고 숫제 우리 집이나 아는 한약방 같은 일가붙이들을 찾아다니며 노년을 보냈습니다. 지금 생각해보면 무척 쓸쓸하고 외로우셨던 것이 틀림없습니다. 한때는 잘나가는 목수였지만 노인이 되면서 부르는 사람이 없었습니다.

하령 아재가 한나절 내내 닭장을 고쳐놓고 가면, 어머니는 부러 힘을 주어 그 고쳐놓은 닭장을 거칠게 흔들어보시고는 "그러면 그렇지. 하령 그자가 한 일인데" 하고 혀를 끌끌 차거나 "아이고, 그놈의 화상. 이 모양이니 평생 그 꼴이지"라고 입담을 험하게 하셨지요.

기실 하령 아재에 대한 어머니의 까닭 없는 미움은 까닭 없는 것만은 아니었던 것 같습니다. 생각건대, 아마 복잡한 여성 편력에 대한 같은 여성으로서의 혐오 같은 것이 아니었나 싶습니다. 내가 하령 아재를 마지막 만났을 때 그이는 예순서너 살 무렵이었지만, 시골에서 썩긴 아까운 선골풍이었습니다. 단지 수려한 인물에도 불구하고 목 부분에 때가 끼어 있던 꾀죄죄한 와이셔츠와 구식 양복 때문에 좀 슬프게 보였지만 말입니다. 아내가 다섯이나 된다는 소문도 특별히 음흉한 구석이 있어서라기보다는 어쩌면 그이의 무른 심성과 인물 탓이 아니었던가 싶습니다.

헛간을 들이던 땐가 중학생이던 내가 물었지요. "하령 할아버지, 정말로 색시가 다섯씩이나 돼요?" 그러자 그이는 껄껄 웃으며 "아따, 자네도 그 얘긴가? 내가 얻었던가, 그년들이 좋다고들 달라붙었지"라고 눙치셨습니다. 그럴 때마다 어머니는 눈을 흘기시며 혼자서 구시렁거리셨지만, 어머니의 눈총받는 것일랑 아랑곳없이 하령 아재는 늘 활달하였습니다.

예순 살이 넘은 그이는 언제부턴가 우리 집에 대여섯 살이 됐을까 말까 한 어린것을 데리고 나타나곤 했습니다. 처음 아이를 데리고 와선 내게 "네 삼촌이다. 인사드려라"라며 예를 갖추게 했습니다. 어떤 촌수 계산으로 그 아이에게 내가 삼촌이 되는지는 알 수 없었지만, 아이는 핏기 없는 노란 얼굴에 가느다란 목을 한 채 까만 눈으로 나를 멀뚱히 바라보며 손가락을 빨고 있었습니다. 이후, 유난히 하령 아재는 내게 종종 그 아이를 데리고 나타났습니다. 처음 봤을 때, 나는 그 아이가 설마 아재의 아들이라고는 생각지 않았기 때문에 아재의 큰아들이 낳은 아들이라고 생각하고 "성구 형을 꼭 닮았네"라고 하자, 하령 아재는 "예끼 이 사람아, 내 막둥이 놈일세"라고 정색을 하는 것이었습니다.

후에 어머니에게 물어보니 아재의 마지막 여자가 어디서 낳아 데리고 온 아이라는 것이었습니다. 언젠가는 간식 시간에 하령 아재가 그 어린것과 들어온 적이 있었습니다. "아부지, 나 저거 먹고 싶어." 어린것이 고양이처럼 눈을 빛내며 귀에 대고 조그맣게 말하자, 하령 아재는 상 위의 사과를 바라보며 부러 큰 소리로 "묵어라. 이 집에는 없는 것이 없응게. 묵고 싶은 대로 많이 묵고 쑥쑥 커라"라고 하셨습니다.

아이가 날쌔게 사과를 덥석 잡았을 때였지요. 나의 어머니는 안색이 변하시더니 "그대로 좀 두시오. 야가 배가 안 좋아 좀 긁어 먹이려고 하던 참인데"라고 혀를 차시는 것이었습니다. 나는 그때 배가 아픈 것도, 사과를 먹고 싶은 것도 아니었기 때문에 깜짝 놀라 어머니를 바라보았지만, 어머니는 문을 탁 닫고 나가버리셨습니다.

하령 아재는 아무렇지도 않은 듯 껄껄 웃으며 "괜찮네. 괜찮아. 자넨 높은 공부 많이 해서 훌륭한 사람 되소. 자넨 잘될 걸세. 잘될 거여. 잘되면 부디 이것 뒤를 좀 돌봐주게." 그이가 어린것을 무릎에 앉히고 그렇게 말했을 때 나는 형언할 수 없는 슬픔으로 가슴이 저릿해 왔습니다.

하령 아재는 열두세 살의 나를 늘 어려운 어른처럼 대해주었습니다. 그때 왜 하령 아재가 나는 잘되고 그이의 어린 아들은 그렇지 못하리라고 생각했을까요? 지금 돌아보면 내가 잘되어가고 있는 것인지는 알 수 없지만, 그의 어린 아들이 그이가 염려하던 대로 잘못되어버린 것만은 분명한 것 같습니다. 언젠가 내가 그 아이에 관해 물었을 때 어머니는 아무렇지도 않게 "생선회 칼로 사람들을 푹푹 찌르고 다니며 감옥을 제집 드나들 듯한다"고 알려주셨습니다. 그러고는 쌀쌀맞게 "콩 심은 데 콩 나지" 하시는 것이었습니다.

그 아이를 데리고 와서 내가 공부하는 모습도 보여주고 나의 공책 따위를 들추어 보여주던 하령 아재의 마음 쓰임새와 달리 나는 그 아이에게 별 도움이 못 되었을 뿐 아니라 지금 그 애가 어디서 무엇을 하는지도 알 길이 없습니다. 단지 날쌔게 상 위의 사과를 가져가던 그 조그마한 손과 까만 눈 같은 것만이 생각날 뿐입니다.

세상엔 화사한 삶들도 많건만 내 유년에 만난 사람들의 삶은 어쩌면 그리도 고달프고 슬픈 것들뿐이었는지요. 하령 아재와 그 어

린것을 떠올리다 보면 사는 일의 쓸쓸함과 고단함이 마알간 슬픔이
되어 선명해집니다.

말집 소녀의 추억

올해는 말의 해라 한다.

유년 시절의 한 풍경이 떠오른다. 어렸을 적 내가 살던 남쪽의 한 마을에 키 작은 여자아이가 있었다. 홀아비였던 소녀의 아버지는 조랑말 한 마리를 가지고 동네 사람들의 쌀이며 소금가마니 같은 것을 실어 날라주며 연명했다. 일이 없는 날에는 우리 집에 와서 삐걱거리는 부엌문도 손보고 부실한 닭장도 고쳐놓곤 했다.

사람들은 힘 좋고 사람 좋은 소녀의 아버지를 불러 허드렛일을 시켰고, 아이들마저 "이 서방, 이 서방" 하고 함부로 부르며 마차 한 번 태워달라고 조르곤 했지만, 사람 좋은 이 서방은 싫은 얼굴 한 번 없이 번쩍 들어 우리를 마차에 태워주고는 했다.

이 서방이 우리 집에 와서 집안일을 도와주고 저녁을 먹을 때는 조그마한 소녀도 눈을 내리깔고 따라와서 부엌에서 밥을 먹고 가곤 했다. 나는 오래도록 그 아이가 왜 고양이처럼 부엌에서만 밥을 먹었는지, 그리고 나한테는 아는 체도 않은 채 살그머니 다시 눈을 내리깔고 우리 집을 나가곤 했는지 알 수 없었다.

이 서방은 늘 부지런했지만, 그 어린 딸 하나 먹이기도 힘에 겨운지 소녀의 얼굴은 음지식물의 어린 순처럼 늘 노랗게 시들어 있었다. "저것이 크지도 못하고 배배 꼬여 드는 것을 보니 아무래도 횟배가 있는 성싶다"며 우리 어머니가 익모초랑 산수유 같은 것을 주기도 했지만, 소녀는 그네의 조랑말처럼 늘 핏기 없고 말이 없었다.

이 서방은 힘만은 장사여서 대보름 씨름판에서는 언제나 내리 이겨 황소는 아니지만 중툭 돼지를 끌고 가곤 했는데 이 힘도 도무지 삶에는 소용이 없었는지 어느 해 겨울 정든 동네를 떠나고 말았다.

마차에 무쇠솥과 이불 짐을 싣고, 그 위에 목도리를 둘둘 감은 소녀를 달랑 올려놓고 조랑말의 요령 소리와 함께 눈길을 멀어져 가

던 그 모습을 오래도록 잊을 수가 없다. 달랑달랑 눈길에 멀어져 가
던 그 조랑말의 요령 소리를 생각하다 보면 지금도 제 아비를 따라
우리 집 마당에 들어서던 조그마한 소녀가 늘 함께 떠오르곤 한다.
그리고 문틈으로 그 모습을 바라보던 어린 시절의 내 모습도.

남규 삼촌

남규 삼촌은 이따금 느닷없이 연구실로 전화를 걸어 나를 깜짝 놀라게 하신다. 아버지와 육촌지간이지만 어렸을 때부터 우리는 그분을 그냥 "남규 삼촌"이라고 불렀다. 아이들은 어른들을 따라 "낭구, 낭구"라고 불렀다. 스물 안팎의 청년들은 멋쟁이 남규 삼촌을 흉내 내서 머릿기름인 '찌꾸'를 바르고 다니며 시시덕거리기도 했다.

만주로, 오사카로 휩쓸고 다니다가 돌아올 때면 남규 삼촌의 옷자락에서는 늘 바람 냄새가 풍겨 왔다. 대소가 어른들은 그런 남규 삼촌에게 눈꼬리를 모로 세워 보이기 일쑤였다. 그러나 철들 무렵 아이들에게 남규 삼촌은 영웅이었다.

남규 삼촌은 배움은 깊지 못해도 경우가 반듯하고 정치며 세상

돌아가는 일에 훤한 반半 한량이었다. 어렸을 때 농사를 팽개치고 대처로 휭하니 갔다가 빈털터리로 돌아와선 "형님 저 왔심다!" 하고 쩍 하니 우리 집에 들어서던 일이나, 우리 아버지에게 호되게 꾸지람을 듣고 금방 어깨가 축 늘어져 돌아서던 모습이 눈에 선하다.

매사에 맺힌 데 없고 배짱대로 살아오신 남규 삼촌도 이제는 칠십객이 되어 그 호기가 많이 줄었다. 아버지 돌아가셨을 때 대성통곡하고 땅을 치며 열두 살의 나를 꼭 껴안아주시던 그분도 이제는 노인이 되셨다.

남규 삼촌이 학교의 내 연구실로 전화를 걸어오는 용건이란 대개 뻔하다. "거, 뭐시냐. 요참에도 산수화 하나 쳐줘야 쓰것다. 솔낭구를 좀 튼실한 놈으로 몇 개 앉히고 폭포는 너무 급하지 않은 것이 좋을 성싶다만……." 남규 삼촌이 이런 부탁을 하면 나는 거절할 수 없다. 왜냐하면, 농협에서 융자를 얻는달지 관공서에 급한 일이 있달지 하는 어려운 사정이 반드시 있기 때문이다. 소싯적 이후 시골에선 드물게 깨인 양반이셨던 그분은 그런 자리 선물로는 그림이

099

안성맞춤이라고 생각하시는 모양이다.

언젠가 그림을 받으러 오셨다가 입맛을 다시면서 이렇게 말씀하셨다. 농협 융자를 받으려 그림을 건넸더니 그림을 받은 직원이 서울서 다 알아봤는데 조카가 별로 유명한 화가가 못 되더라며 슬그머니 되돌려주더라는 것이다. 남규 삼촌은 화가 머리끝까지 올라 그 직원의 멱살을 잡고 뺨을 후려치며 고래고래 고함을 쳤다고 했다. "이놈아, 내 조카가 대한민국서 그림으로 젤 가는 사람이다. 눈 똑바로 뜨고 다시 찾아봐라, 이 시러베놈아." 남규 삼촌은 민망한 듯 웃음을 지으며 한마디 덧붙이셨다. "조카, 기왕 고판에 뛰어들었으면 쪼깨 유명해지지 그랬능가?"

내가 미대에 간다고 했을 때 대소가가 시끌벅적했지만 "앞으로는 예술이 세진다"는 전위적인 발언으로 사람들의 입을 막았던 남규 삼촌. 어디 신문에서 이름 석 자라도 보면 새벽같이 전화를 해주시는 남규 삼촌. 그러고 보면 그분은 내 예술 행로를 지켜봐주시는 후견인인 셈이다.

연자 누나

2022년 봄, 드디어 연자 누나와 통화가 이루어졌다. 따져보니 55년 만의 통화였다. 그리고 이것이 첫 통화이자 첫 대화이기도 했다. 드디어 누나와 대화하게 되었구나. 나는 전신에 맥이 풀리는 느낌이었다. 연자 누나는 나보다 다섯 살 위인 내 손위 누나의 여고 동창생이자 내가 다니던 고향 교회의 청년 성가대원이었다. 연자 누나의 소식을 나는 50년 넘게 찾았지만 도무지 알 길이 없었다. 만만한 내 친누나만 들들 볶다시피 했지만 알 수 없다는 대답만 돌아오곤 했다. 그녀가 졸업한 학교의 서무실에까지 알아보았지만 종적이 묘연하기는 마찬가지. 그러다 문득 생각해보곤 했다. 나는 왜 열다섯 살 때 보았던 그 교회 누나의 소식을 이토록이나 궁금해하는 것일까. 그것은 어쩌면 나의 과거에 대한 실재의 한 토막을 복원하려는 무의식의 작용 때문이었을 것이다.

연자 누나와 통화가 이루어졌을 때의 그 기이한 안도감은 비로소 그녀의 실존으로 내 안의 그림 하나가 복원되는 느낌이었다. 그 기억 속의 그림이란 대충 이렇다. 고색창연한 역사驛舍 마당을 가로지르면 복지다방이 있고, 그 복지다방을 끼고 골목으로 들어가면 거기서부터 일본인 시야 씨의 대저택 석조 담이 시작되는데, 어린 시절 그 집 대문은 경복궁 문만큼이나 크게 느껴졌다.

시야 씨는 일본인이지만 덕망이 높은 지식인이라고 했는데, 특이하게도 해방이 되고서도 한동안 그 집에 머물렀다고 했다. 그만큼 그 집을 아꼈던 것이리라. 아무도 야밤에 그 집에 돌멩이를 던진다거나 하는 일이 없었을 뿐더러, 해방 후에도 한동안 평소처럼 지내다가 동네 사람들과 아쉬운 작별을 하고 일본으로 돌아갔다 했다.

그 집에 살던 연자 누나네가 떠나고 난 지 얼마 후 시야 고택이 새로 들어선 공수여단의 여단장 숙소가 되었다는 소식이 들려왔다.

내가 마지막 갔을 때는 집이며 담이 모두 헐리고 낙락장송들 역시 뽑혀 나간 뒤였다. 무슨 공동주택인가를 짓는다고 땅을 파고 있었다. 내 마음속 집 한 채가 무너지는 슬픔을 안고 돌아왔다.

당시 대문의 다른 편 석조 담이 끝나는 지점에는 역시 돌로 지은 거대한 교회, 동북교회가 있었다. 북한에서 내려온 피난민들이 중심이 되어 지은 기념비적인 건물이었다.

교회를 오가다가 가끔 반쯤 열린 대저택의 대문 사이로 보면 담 밖으로까지 슬며시 고개를 내민 낙락장송 사이로 시야 씨가 가꾸었을 듯한 푸르스름한 이끼의 태정苔庭(이끼 정원)이 보였다. 가끔 삐걱하는 소리와 함께 장중한 적송 대문이 열리면서 잘 차려입은 예쁜 자매들이 나오곤 했다. 내 기억에 연자 누나 밑으로 인자, 현숙 자매들이 있었다. 한결같이 기품 있고 예쁜 얼굴들이었다. 하지만 내 관심은 초지일관 큰언니인 성가대의 연자 누나였다.

교회 빼먹기를 밥 먹듯 하여 어머니의 속을 썩였던 내가 어느 날부터 주일 예배는 물론 수요, 금요 예배에다 부흥회까지 참석하고,

그것도 일찍 와서 성가대 가까운 앞자리에 앉곤 했을 때 내 어머니는 드디어 오랜 기도가 응답을 받은 것이라고 기뻐하셨다. 그토록 교회에 열심을 낸 이유가 성가대의 연자 누나를 보기 위해서라는 것은 아무도 모르게 내 안에 꼭꼭 숨겨둔 비밀이었다.

아, 딱 한 사람, 비밀을 털어놓은 동섭이라는 친구가 있었다. 그는 내가 다니는 곳이면 어디든 졸졸 따라다녔는데 비가 추적추적 내리던 어느 날 어느 집 처마 밑에선가 나는 그에게 사실은 고 3인 교회 성가대 누나를 좋아하고 있다고 고백하였다. 네 살인가 다섯 살 위인 그 누나와 결혼하고 싶은데 어떻게 하면 좋겠느냐고 하자 그는 눈을 동그랗게 뜨고 나를 빤히 바라보았다.

"지금?"

"응. 지금."

내가 비장하게 말하자 그가 본인의 생각이라며 떠듬떠듬 말했다.

"우선…… 고등학교부터 가는 게 어떨까."

나는 짜증을 내며 그런 뻔한 대답을 뭐하러 하느냐고 했다. 가끔

104

중학생이나 고등학생들이 어른들이 보기엔 아주 사소한 문제, 예컨대 시험이나 수능을 망쳤달지 하는 문제로 극단적 선택을 했다는 기사 같은 것을 보면 나는 열다섯 살 무렵을 떠올리곤 한다. 누구나 그때는 그때의 세계가 있는 것이다.

풍경의 다른 한 축에는 복지다방이 있다. 그 앞을 지나가면 곱게 한복을 차려입은 마담이 끓이는 쌍화탕 냄새가 풍겨나곤 했다. 그 시절 나는 서울에서 미대를 마치고 온 중근이 형(지금은 코스타리카에 이민 가 있다)에게 그림 지도를 받곤 했는데, 어느 날 그 다방에 다녀온 중근이 형이 마담과 얘기가 잘 되었다며 둘이 기간을 나누어 개인전을 하자고 했다. 그와 함께 따로 그림 몇 개 가지고 마담을 찾아가 보여주라고 했다.

다방을 들어가보기는 처음이었는데 마담은 무심한 표정으로 무쇠난로 옆에 앉아 있었다. 한참 동안 가져간 그림을 심드렁하게 살펴본 다음 내 얼굴을 보더니 넌 왜 광한루는 안 그리고 이런 요상한 걸 그리냐고 물었다. 어쨌거나 〈혹惑〉이라는 이름의 내 생애 첫 개인전이 그곳에서 열렸다(여자의 얼굴을 울긋불긋 그린 그 개인전과 함께 어린 소년에게 오뉴월 소낙비처럼 쏟아진 비난을 여기 다시 적고 싶진 않다).

복지다방을 돌면 갈매기 빵집이 있었다. 노부부가 운영하는 그 집 앞에는 늘 가마솥에서 만두를 찌는 김이 풀풀 나고 있었다. 특히 단팥죽이 최고의 인기 품목이었다. 학교에서 돌아오는 길에 그 단팥죽 한 그릇을 사 먹으면 나머지 시간이 내내 행복했다.

어쨌거나 우아하고 고색창연한 남원 역사와 그 맞은편 복지다방, 그리고 일본인 시야 씨의 저택과 갈매기 빵집, 높다란 석조건물의 교회당과 그 교회당 종탑에서 뎅겅뎅겅 울리는 종소리 같은 것들이 내 유년의 감성을 뒤흔든 풍경이다. 그리고 그 한가운데 하얀 성가복의 연자 누나가 있다.

한 가지 빼먹었다. 복지다방에서 멀지 않은 곳에 있던 명문당 인쇄소. 그 인쇄소에서 나는 시 삼십여 편을 찍어서 몇몇 친구들에게 나누어주었는데, 굳이 그렇게까지 한 이유는 당시 우리 사이에서 시의 천재로 운위云謂되던 전주북중 이정우라는 친구(실제로 만난

적은 없지만 그가 쓴 시는 여러 편 보았다)와 진검승부를 하기 위해서였다. 내 시를 읽은 이정우가 연락해 오기를 은근히 기다렸지만 친구 편에 보낸 내 시는 전달이 되기나 한 것인지 묵묵부답이었다. 또 하나 가슴 아픈 묵묵부답은 연자 누나의 집 대문으로 슬쩍 밀어놓은 기나긴 나의 편지였다. 아무리 기다려도 일절 소식이 없었는데, 이후 우리 집은 인천으로 옮겨 가게 되었다.

그런데 오십여 년이 흘러 연자 누나와 통화가 이루어진 날, 이번엔 내 누나가 내게 전화를 해왔다.

"김 교수, 이제 소원을 풀었지? 근데 미안해서 어쩌나. 내 친구 연자가 아예 자네의 존재 자체를 모르더라고. 그런 아이가 기억에 없대." 누나는 쌤통이라는 식으로 놀렸지만 나는 속으로 벙그레 웃었다. 누님, 중요한 것은 내 마음의 그림 하나가 완성되었다는 그 사실입니다. 그 누나가 내 존재 자체를 몰랐다는 것이 조금은 섭섭할 수 있지만 그래도 나는 그 옛날 성가대의 그 누나, 홀연히 하늘로부터 내려온 듯한 하얀 성가복의 그 누나가 실존으로 나와 통화

108

한 그것만으로도 만족합니다. 그로써 내 과거의 한 토막이 오롯이 현존되는 것이니까요.

시야 씨의 대저택도 복지다방도 갈매기 빵집도 사라져버린 중에 연자 누나의 맑은 음성을 듣게 되었으니 그림은 복원된 셈이었다. 어쨌거나 속절없이 무너지고 사라져가는 속에서 내 마음의 연자 누나가 나와 정겹게 통화했다는 사실만으로도 나는 행복했다. 물론 내 누님이 내 그런 속뜻을 헤아릴 리 없었다.

얼마 전에는 내가 4학년까지 다닌 송동초등학교를 둘러보았다. 고맙게도 거의 옛 모습 그대로였지만 학생 수는 손에 꼽을 정도여서 곧 문을 닫게 될 거라는 설명이 있었다. 속으로 제발 이 자리에 이대로 있어다오, 싶었다. 내가 멱 감던 실개천도 옛 모습 그대로고 집까지 오가던 샛길 역시 그대로 있어서 가슴이 두근댔다. 가을 꽃처럼 감나무에는 홍시가 매달려 있었고, 누런 벼들이 차지게 출렁대고 있었다. 가을 햇빛을 등으로 받으며 먼발치로 내가 살던 솔밭 사이 작은 마을을 보고 돌아섰다.

해가 설핏하면 저곳의 문 앞에서 깨끗한 두루마기 차림으로 날 기다리시던 아버지. 그 아버지를 향해 손을 흔들곤 했는데, 내가 5학년이 되던 해 갑자기 세상을 떠나가시고 말았다. 나는 이후 침울한 문학소년으로 돌변했다. '싸가지 없는 그림'을 내건 개인전 사건으로 사람들이 수군대기 시작하자 나는 자폐아처럼 문 닫아걸고 책 읽기로만 빠져 들어갔던 것이다. 예컨대 스스로 '왕따'가 되어버렸지만 또래 아이들이 우스워 보였고, 왕은 따로 논다는 자존감 같은 것이 있었다. 지금 생각해보면 중2병 같은 것일 터였다. 하지만 돌이켜 보면 나의 작품 〈바보 예수〉는 저녁이면 뎅겅뎅겅 울려 퍼지던 동북교회의 종소리로부터 시작된 것이었으며 〈풍중〉, 〈화홍산수〉, 〈송화분분〉 역시 내 유년의 기억 창고에서 퍼 날라 온 것들에 불과하다. 가끔씩 그 기억 속의 땅을 현실로 걷는 일의 황홀함은 아무도 모르는 나만의 비밀이다. 그 비밀한 기억의 한 자락 속에 있던 연자 누나와 통화하던 날, 내가 세월을 훌쩍 건너뛰어 열다섯 소년이 되었음은 물론이고말고다.

이탈리아의 철학자이자 미학자 조르조 아감벤은 예술에 있어서 독창성이란 세상에 유일무이한 것이라거나 다른 것들과 다르다는 의미 이상이라고 말한 바 있다. 독창성이란 한 예술 작품을 만들어 낸 예술가가 자기만의 오리진Origin을 가지고 있는가, 그리고 자신의 작품이 그 근원의 오리진에 닿아 있는가의 문제라고 했다. 그는 또한 시간 속에서 매 순간 스스로의 과거와 미래를, 옛것과 새것의 화해를 중재하는 것이 '미학'이라고도 했다. 보들레르는 어땠는가. '또다른 세상에서만 완벽하게 현실인 것이 시詩'라고 하지 않았던가.

나의 고유한 오리진, 나의 과거와 현재를 연결시키는 중재는 내가 밟고 돌아온 땅의 장소성뿐 아니라, 살랑거리는 수만 개의 댓잎 소리, 시각을 청각화시키도록 포위해 오는 그 댓잎들의 소용돌이며, 아직도 봄이면 분분히 날리는 송홧가루 같은 것들이다. 그중에 과거를 현재로 불러내는 연자 누나의 목소리도 있음은 물론이다.

내 안의 열세 살 소년

베르그송은 '시간은 기억'이라고 정의했다. 물리적 흐름이기보다는 기억 표상의 층위라고 해석한 것. 내 시간, 아니 내 기억 표상 속에는 지금도 저만치 서 있는 한 소년이 보인다. 남다른 감성을 타고났지만 그 재능을 어디에서도 환영받지 못한 외로운 소년.

2000년 무렵 삼십 대의 새파란 남원시장과 전직 교육장에게서 급히 좀 만나자는 전갈이 왔다. 내려갔더니 다짜고짜 시에서 내 미술관을 세울 계획이라며 부지를 보러 가자고 했다. 하도 생뚱맞은 일이어서 건성건성 둘러보고 상경했다. 이후 무려 네 명의 시장을 거치는 동안 간헐적이고 집요한 요청이 계속됐고, 이환주 시장 때에 이르러 급진전되었다.

국공립미술관을 건립하려면 자격 기준이 무척 까다롭다. 그중에도 백 점 이상 보유 작품이 있어야 하고, 그 한 점 한 점이 전문가의 심의를 통과해야 하는 항목이 가장 문제인데, 바로 그 심의를 통과하기 위해 내게 작품 기증을 요청했다. 참모들을 우르르 끌고 서울로 찾아온 젊은 시장의 열정과 열성에 감동하여 기증하기로 한 작품은 백 점이 이백 점이 되고, 이백 점이 다시 삼백 점, 사백 점이 되었다.

세 번 연임하고 물러난 이환주 시장에 이어 배턴을 이어받은 최경식 시장은 서울에서 남원으로 내려간 젊은 CEO 출신으로 기특하게도 "문화가 답"이라는 생각을 확고히 지니고 있는 사람이었다. 그는 내 미술관이 들어서 있는 함타우 골짜기를 장차 스페인의 빌바오처럼 가꾸고 싶다는 열망에 차 있었다. 문화로 굴뚝 없는 산업을 일으키겠다는 각오가 대단했다.

사람 사이의 모든 일은 감동과 그 울림이다. 사백 점의 기증 미술품은 어느덧 오백 점 가까이나 되고 그 위에 평생 모은 인문, 예술,

종교 등의 책 삼천여 권까지 넘겨주기로 하였다. 그런데 사실은 이 모든 것이 볼거리 읽을거리에 굶주렸던 과거의 나에게 보내는 선물이라는 것을 아는 이는 없었다. 작은 도시를 향한 나의 기부 행위는 공공도서관 하나, 미술관 하나 없는 곳에서 외롭고 막막했던 소년에게 뒤늦게 보내는 마음의 선물이었고 보상이었던 것이다.

열다섯 살 때 다방에서의 불온한 전시 사건 이후 나는 그림을 향한 반경이 점점 위협적으로 좁혀드는 것을 느끼곤 했다. 그림을 그려서 빳빳한 상장을 받으면 하굣길에 종이비행기를 만들어 푸른 보리밭으로 날려 보내버리곤 했다. 일찍 홀로 된 어머니는 구약시대의 선지자처럼 자식들을 교회로 몰아갔는데 삐뚤어진 새끼 양 한 마리를 제외하고는 형제자매가 모두 어머니에게 절대 순종했다. 나는 백일장이며 사생 대회에서 수시로 상을 받았지만 이런 일로 눈총을 받았을지언정 집에서 칭찬을 받아본 기억이라고는 없다.

그런데 소름 끼치도록 무서운 것은, 그 받지 못한 칭찬에 대한 보상 심리와 인정 욕구가 지금도 수시로 발동한다는 것이다. 특히 아내를 비롯한 여성들의 칭찬에 약하고 민감한 것도 그러한 의식과 연결되어 있고말고다. 유명한 평론가의 평 같은 데는 거의 무심하거나 둔감한데 유독 여성, 그것도 거의 다른 분야의 여성에게 듣는 글이나 그림 평에는 귀가 반짝 열리는 것을 느낀다. 사람이란 그런 식으로라도 보상과 인정을 받으려는 존재인 것 같다. 하긴 순교자도 가급적 사람 많은 광장에서 최후를 맞기 원한다는 말이 있지만, 내 의식 속에는 유독 억압받은 재능에 대한 뒤늦은 보상을 갈망하는 의식이 초롱한 눈망울을 뜨고 있다.

평생 제작한 미술 작품과 서적들을 보내는 것은 내가 내게 보내는 보상일 수 있지만, 어머니로부터 듣지 못했던 칭찬은 스스로 보상할 수 없다. 그것은 나이가 많건 적건 간에 누군가의 다른 어머니로부터 받아야 되는 것이다. 가끔, 저 미술로 이러이러한 상을 받았어요, 같은 소식을 지인에게 알리려 드는 유치찬란한 심리도 그 근원의 줄을 따라가보면 칭찬에 허기진 열세 살 소년과 닿아 있다.

어머니는 왜 그토록이나 나의 그림 재능을 한사코 인정해주지 않

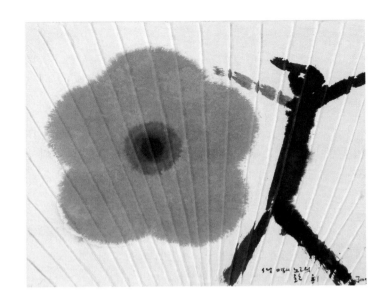

으려 했을까. 그때만 해도 집안에서 풍각쟁이 환쟁이가 나오는 것은 거의 수치에 가까운 일이었기 때문이다. 게다가 남편 일찍 돌아가고 홀로 끌고 가는 집인데, 아이들에게 혹 칭찬을 남발하다 보면 권위가 흔들린다고 생각하셨던 때문은 아니었을까 싶다. 칭찬과 인정에 목마른 내 안의 열세 살 소년. 이제 와 돌아보면 칭찬받고자 하는 열세 살 소년의 욕망이야말로 지금껏 나로 하여금 붓을 들게 한 원동력이 아니었을까 싶다.

아이의 일기

나의 큰아이는 너무 감성적인 데가 있어서 겨우 여덟 살이지만 대하는 것에 조심스러워질 때가 있다. 조그마한 지적에도 상처받기를 잘하는 반면 논리를 올곧게 세워 부당한 나무람에는 끝까지 항변한다. 그러다가 간혹 불필요한 매를 맞기도 한다.

1992년 말, 창원의 주남 저수지 쪽으로 철새를 보러 간 적이 있다. 그런데 허허벌판의 저수지에서 갑자기 라면이 먹고 싶다며 사달라는 것이다. 여기 라면 장사가 어디 있느냐고, 저 철새들이나 잘 관찰하라고 했지만, 막무가내로 아빠가 사주기 싫으니까 그런다고 떼를 썼다. 그러면서 자기는 조금 전 사람들 속에서 라면을 파는 아주머니를 분명히 보았다는 것이다.

몇 번 타일렀지만 계속 듣지 않았다. 평소 나는 라면 같은 인스턴트식품에 별로 좋지 않은 감정을 가지고 있었던 데다 많은 사람이 있는 데서 자꾸 칭얼대는 바람에 화가 났다. 게다가 누군가 등 뒤에서 애를 버릇없이 키워…… 어쩌고 하며 혀를 차는 소리가 들려왔다. 나는 아이를 둑 아래로 거칠게 끌고 내려갔다. 그러고선 잘못했

다고 우는 아이의 엉덩이를 연달아 때렸다. 조그마한 뺨이 금세 붉어지고 아이는 연신 손을 비비며 울었지만, 내 노기는 풀어지지 않았다.

왜 사람들 속에서 아빠를 창피하게 하느냐. 다른 아이 누가 라면을 사달라고 하느냐. 여기 라면 파는 사람이 어디 있느냐. 조그마한 몸뚱어리를 세게 흔들며 다그쳤다. 애가 얼굴이 파랗게 질려갈 때에야 매질을 멈췄다. "아빠, 잘못했어요"라며 우는 아이를 끌고 다시 둑 위로 올라왔을 때였다. 저만치에서 김이 오르는 리어카가 보였다. 그 앞에 뜨거운 라면 국물을 들이켜는 사람들이 있었다. 조금 전 행려行旅의 사람들에게 묻혀 그 앞을 지나쳤으면서도 몰랐을 뿐이다.

방학이 끝날 무렵 짐짓 물어보았다. 이번 여행에서 가장 즐거웠던 일은 무엇이었냐고. 그러자 녀석은 대뜸, "주남 저수지에 철새보러 간 일이요"라고 말했다. 가슴이 뜨끔해진 내가 "가장 속상했던 일은?" 하고 묻자 "다 재미있었어요"라고 활짝 웃었다. 그 뒤 며

칠이 지나서였다. 우연히 아이의 일기장을 보게 되었다. 저수지에
간 일이 적혀 있었다.

1992년 12월 30일 수요일 날씨 흐림
나는 오늘 엄마, 아빠, 지용이와 주남 저수지에 갔다. 철새들은 조금밖
에 없었고 구경 온 사람들이 더 많았다. 아빠는 다른 아저씨에게서 커
다란 망원경을 빌려 와서 내게 철새를 보여주었다. 망원경으로 보니 철
새 한 마리가 졸고 있었다. 구경하고 있는데 라면 파는 아주머니가 오
셨다. 나는 아침을 안 먹었기 때문에 몹시 배가 고팠다. 너무나 배가
고파 나는 곧 죽을 것만 같았다. 그런데 아빠가 라면을 사다 주시는 것
이다. 그래서 나는 그날 라면을 너무너무 맛있게 먹었다.

아버지와 아들

내 친구 양梁은 조그만 중소기업을 하고 있는데, 문학과 미술을 참으로 사랑하는 사람이다. 청년 시절 그는 문과대학을 나와 작가가 되려고 산사로 다니며 문학 열병을 앓았는데, 이런저런 이유로 끝내 작가가 되지는 못했다. 그 대신 생애만큼은 어떤 예술가도 따라오기 힘들 만치 예술적으로 살아왔다. 감성이 대단히 여리고 예민한 사람이어서 기업인인데도 불구하고 시인처럼 세상을 보려 든다. 그러다 보니 번번이 사업에선 펑크가 나곤 한다. 어떤 식인가 하면, 목련이 흐드러지게 피면 이틀쯤 목련에 취해 사업을 쉬고, 가을비만 스산해도 일손을 놓고 정처 없는 여행길에 나서곤 하는 것이다. 사업이 제대로 굴러갈 턱이 없다.

대학 때 그는 섬진강에 나룻배를 띄워 놓고 큰누님이나 고모뻘 퇴기와 함께 이박 삼일씩 술을 마시며 달밤에 그 취기 속에서 시를 쓰곤 했다. 그는 이해타산으로 빡빡한 금세기형 인간이 아닌 구한 말 유랑 지식인이나 세기말적 허무주의자 같은 분위기를 짙게 풍 겼다. 대학 때 친구들 사이에선 그의 방황 편력에 대한 이야기가 자자했다. 하지만 방황하되 일정한 정신적 위격位格과 멋을 잃지 않았다.

그는 휴학과 복학을 거듭하며 칠 년인가 팔 년인가 대학생 신분 으로 지내며 이곳저곳 헤맸다. 그리고 사방으로 엽서를 날렸다. 절 해고도에서 편지가 날아오는가 하면 남쪽의 작은 암자에서 차를 끓 이다가 글을 써 보내기도 했다.

지금도 의문인 것은 이 긴긴 대학생 신분 동안 그가 현실에 얽매 이지 않고 그토록 행운유수行雲流水의 행각을 벌이는 것이 가능했 던 주머니 사정이다. 내가 알기론 아르바이트 따위를 한 번도 하지 않고도 그는 용케 친구들에게 밥과 술을 자주 샀다. 시종 돈에 별로

구애받지 않는 듯 무심한 태도였다. 그렇다고 그의 집안이 썩 부유한 편도 못 되었다. 후에 내가 물으니 그는 "없으면 없는 대로 있으면 있는 대로……" 하고 말꼬리를 흐렸는데, 그의 부친에게서 돈을 타 쓰는 것 외에 따로 돈 마련할 출처는 용이치 않았을 것이다.

양의 부친은 초등학교 교감 선생님이셨는데, 온후하고 다감한 분이었다. 그의 부친을 뵐 때마다 나는 친구 양의 기질과 어쩌면 그리도 어느 점에서 꼭 같으신가 하고 빙그레 웃곤 했다.

양이 대학 때 그의 부친은 고향에 조촐한 한옥을 하나 지으셨다. 작은 마당에 파릇한 잔디도 깔고, 유실수도 몇 그루 옮겨 심었다. 어느 해인가 그 댁에 들렀더니, 부친께서 나무를 돌보다가 허리를 펴며 정색하고 얘기하셨다. "자네 앞으로 이 집을 초원의 집이라 불러주게."

당시 텔레비전에서는 〈초원의 집〉이라는 미국 홈드라마가 인기 있었는데 그 생각이 나서 나는 웃음이 나와 "초원의 집치곤 마당이 좁은데요" 하고 받았다. 그러자 부친께서는 "마당이야 몇 뼘 안 되네만, 나는 마음속에 너른 초원을 가꾸고 있다네"라고 하셨다. 말씀이 그대로 시였다. 예순이 가까운 공무원이 이런 화사한 표현을 쓰신 것이 두고두고 신선하게 느껴졌다. 친구에 의하면 부친은 평생 한 번도 화를 내본 적이 없다 했다. 남에 대해 비난하거나 욕하는 것을 들어본 적이 없다 했다. 인간말짜 같은 사람에게 어려움을 당해도 "아서라. 형편이 있었겠지"로 그만이라는 것이다. 양의 부친 역시 젊었을 때 '문학가'가 꿈이었다고 했다. 그래서였을까. 아들이 현실적인 어떤 직업도 얻지 못한 채 산천을 헤매고 다닐 때도 그분은 아들의 장래를 말없이 후원했다.

그런데 어느 해던가 양이 부친에게 마지막 대학 등록금을 타서 서울로 가려다가 사건이 터져버리고 말았다. 열차표를 사놓고 기다리다 역 앞 술집에서 그는 낮술에 대취해버렸다. 한 잔 두 잔 마시다 보니, 몹시 비감해지더라는 것이다. 자신이 뭔가 되리라고 기대하며 말없이 뒤를 대주신 부친께도 죄스럽고, 작가 흉내나 내며 삶의 고뇌 없이 사기꾼처럼 떠돌고 있는 자신도 밉고, 이 마지막 등록금을 가져다 바친 후 대학을 졸업한다고 해도 뾰족한 수가 없을 것 같고, 이래저래 복잡한 감정이 되어 엉엉 울다가 역 앞 광장으로 나와 아버지가 챙겨주신 등록금을 뿌리며 고래고래 고함을 질렀다 했다. 그 귀한 만 원권 지폐가 공중에 낙엽처럼 날리는 것을 보면서 제가 무슨 영화의 주인공이라고 껄껄 웃어젖히다가 울다가 했다는 것이다. 그런데 이 모습을 눈이 휘둥그레 지켜본 사람이 있었다. 부친의 친구였다.

그날 밤, 술에 억병으로 취해 어느 여관방에서 잠자고 다음 날 저녁 때에야 집으로 들어갔더니, 모든 것을 전해 듣고 난 부친이 조용히 부르시더라는 것이다.

"……어제 역 앞에서 돈 뿌린 적 있었더냐?"

나직이 묻는 부친 앞에서 그는 가슴이 덜컥했을 것이다.

"……예."

"얼마나?"

모깃소리만 하게 "한 사십은 되는 것 같습니다……"라고 하자 부친이 말이 없으시다가 "사십이라…… 그 돈 하마……다 주워 가버렸 것제?" 하고 상의하듯이 묻더라는 것이다.

"아마……그랬을 겁니다." 그가 얼굴을 못 들고 있는데 "젠즉 다 들 주워 가버렸을 것이다. 됐다. 인자 그 일일랑 잊어버리고, 어여 건너가봐아……. 참…… 요새 글은 좀 쓰나?" 그것으로 끝이었다. 양은 그때처럼 가슴이 미어지려 한 적은 없었다 했다. 세상이 메말라가면서 인간관계도 계산된 이기만이 팽팽히 부딪치는 삭막한 것이 되어버리고 말았다. 가족간에도 날로 여유가 사라져간다. 심지어 부자지간에도 아들의 자유혼을 존중해주기보다는 자로 잰 듯한 출세의 길을 요구하기 일쑤다. 내 친구 양이나 그의 부친 같은 여유 있는 삶을 어디서 다시 만날 수 있을까?

127

어머니와 아들

K는 내 고향 친구다. 키도 크고 힘도 셌으며 도량이 넓고 성격도 좋았다. K는 정신이상자인 제 어머니와 외딴집에서 단둘이 살았다. 나이는 나와 동갑이지만 K는 병약한 데다 예민하기까지 했던 나를 형처럼 감싸고 도와주곤 하였다. 그러나 웬일인지 우리는 별로 친해지지 못했다.

열서너 살 무렵 K는 이미 가장이었다. 우리들이 철없이 딱지 치고 총싸움이나 하며 몰려다닐 때 K는 열 마리 가까이 되는 염소를 풀 뜯기러 가곤 했다. 언젠가 학교에서 〈성웅 이순신〉이라는 영화를 단체 관람하러 가던 날도 내가 함께 가자고 했을 때 빙그레 웃으며 "가서 염소 뜯기고 엄니 저녁 해드려야지" 하면서 빠졌다. 우리들이 중학생이 되었을 때도 K는 학교에 가는 대신 염소를 열심히 길렀다. 하굣길에 간혹 풀 뜯기러 나온 그와 만나면 나보고 둑에 앉으라고 한 뒤 학교에서 오늘 뭐 배웠는가를 꼬치꼬치 물으며 고개를 끄덕이곤 했다.

어느 해 여름인가는 염소를 몇 마리 팔아 한 지게 가득 수박을 떼다가 승사교라는 다리 입구에 받쳐놓고 팔았다. 장마가 길어서 여름 과일이 어렵던 해였다. 그가 어머니에게 수박을 맡기고 잠시 일을 보러 간 사이, 지게에 가득 쌓아놓은 수박 하나가 다리 아래로 굴러 박살이 나고 말았다. 그걸 바라보던 어미는 문득 다리 아래로 데굴데굴 굴러 떨어져서 시뻘겋게 깨지는 수박에 재미를 붙여 깔깔거리고 웃으며 연신 수박을 내던지기 시작하였다. 그리하여 아들이 돌아왔을 때는 한 바지게 가득 쌓여 있던 수박이 겨우 몇 통만 남아 있을 뿐이었다.

그날 저녁 집에 돌아와서 어미는 자식에게 수박 판 돈을 내놓으라고 파랗게 독기를 품고 달려들기 시작했다. 그러다가 급기야 돈을 어디 감추었느냐고 작대기를 들고 아들의 등판을 후려치기 시작했다. 때리다 때리다 지쳐 잠든 제 어미의 더러운 얼굴을 K는 물수건으로 깨끗이 훔쳐주었다.

내가 대학생이 되어 고향에 들르면 가끔 짐바리 자전거를 타고 밥찌꺼기며 구정물을 얻으러 음식점으로 다니는 그를 볼 수 있었다. 이제는 염소가 아니라 돼지를 중톳만 스무 마리가량이나 키우고 있었다. 땅이 없었던 그는 계속 축산으로만 돌았다.

언젠가 만났을 때 그는 자전거를 세우고 가겟집으로 나를 데리고 들어갔다. 그는 딱 벌어진 가슴에 얼굴에는 구슬땀이 송송 맺혀 있는 건장한 사내가 되어 있었다. 내가 농담 삼아 돈 벌어 다 뭐에 쓰려고 그렇게 늘 열심이냐고 묻자 그는 씩 웃으며 "엄니 좀 편히 모셔야지" 하고 말했다. "장가는 안 가고?" 하자 "나한테 올 여자가 있간" 하고 체념 섞인 어투로 잘라버렸다. 그러나 그는 후에 느지막이나마 장가를 들었다. 장가를 들고서도 그 건실함과 부지런함은 여전했다. 축산일을 하는 틈틈이 버섯 재배에도 손을 댔는데, 그가 알

131

부자라는 소문이 시골에 제법 번졌다. 그러나 그는 자식이 없었다.

　어느 해 추석에 아버님 산소를 다녀오던 길에 그를 다시 만났다. 일에 찌들어 검고 거친 얼굴을 하고 있었다. 길가 나무 아래에 나란히 앉아 흐르는 강물을 바라봤다. 문득 인생도 이렇게 흘러가는 것이구나 하는 생각이 들었다. 왜 아이가 없느냐고 물었다. 그가 성불구자라는 사람들 얘기가 떠올랐기 때문이다. 그는 좀체 입을 열려 하지 않고 딴 얘기만 하였다. 내가 재차 물었을 때에야 겸연쩍은 듯 "어머니가……" 라고 들릴락 말락 말했다. 나는 어머니가 자식을 원치 않느냐고 물었다. 그런데 정신이상자인 제 어미가 밤이면 한사코 아내와 자기 가운데 눕는다는 것이다. 아내와 조금이라도 함께 있으면 눈에 불을 켠다는 것이다. 혼례식 날 이후 계속 그러했다는 것이다. 자기가 아내 옷깃을 달싹만 해도 잠을 못 잔다는 것이다. 나는 하도 아이가 없어서 "그럼 계속 자네 어머니 때문에 아이를 못 두겠군" 하고 묻자 그는 쓸쓸히 웃으며 그건 아니고 좀 늦어질 뿐이라고, 어머니가 좀 풀어지시면 둘 거라고 말했다. 그러면서 자기가 애 없는 것을 사람들이 그렇게 궁금해한다며 껄껄 웃었다. 나는 둔탁한 몽둥이로 뒤통수를 세게 얻어맞은 기분이었다.

내게도 고향에 혼자 사시는 노모가 계셨다. 일하는 할머니 한 분을 어머니께 대어드리고는 그저 간간이 전화만 드릴 뿐이었다. 세금을 내러 가듯 추석이며 설, 그리고 겨우 생신 때나 한 번씩 내려가 밥 한 그릇 뚝딱 먹고 차를 몰아 서울로 달려와버리기를 이십여 년이나 계속했다. 나는 비로소 '효'라는 것은 자식이 제 어미 곁에 머물러 있는 것이 아니라고 깨달았다. 자식이 아무리 화려하게 성공해도 제 부모가 필요로 할 때 그곳에 번번이 없으면 그건 불효다. 올해는 그가 뒤늦게 만득이 아들을 얻었다는 소문이 풍편風便에라도 날아들기를 기대해본다.

스무 살, 혼돈, 엔도 슈사쿠

엊그제 종강하면서 나는 나의 반 학생들에게 여름방학 동안 읽어주었으면 하는 책을 몇 권 추천하였다. 이 책들은 순전히 주관적으로 골라 뽑은 것으로, 그중에는 미술에 관한 것도 있지만 전혀 미술과는 관련 없어 보이는 것들도 있었다. 아울러 나는 요새 시중에서 상영하는 영화 두어 편에서부터 여름철 남녘의 가볼 만한 여행지까지 챙겨주었다.

그들이야 받아들이건 말건 지난 십여 년간 종강 무렵이면 이 일을 해왔던 것은 내 나름의 이유가 있어서다. 미술이란 작가가 섭취한 정신의 분비물에 다름 아니라고 볼 때 다양한, 그리고 양질의 정신적 자양분을 섭취하는 일이야말로 좋은 작품을 만들어내는 요체

라는 생각에서였다.

　내 경험으로 봐도 회화적 상상력이란 주로 독서나 여행 혹은 인접 예술의 볼거리들로부터 섭취된 경우가 많았기 때문이다. 따라서 화가는 그 감성의 포충망을 온갖 사물과 인식 세계에 가급적 넓고 깊게 펼쳐놓아야 할 필요가 있다. 노자가 수묵화나 여백의 원리를 깨우쳐준 것은 차라리 당연하다 할 일이고, 중국 북방 산수화 양식에 대해 잘 풀리지 않던 의문이 엉뚱하게도 학생 시절 신림동 사거리에서 본 〈소림사 2〉라는 영화에서 아주 순간적으로, 그리고 명료하게 이행되던 경험을 어떻게 설명할 수 있을까.

내 나이 스무 살 때 읽은 엔도 슈샤쿠의 《침묵》도 마찬가지였다. 어떻게 해서 그 시절 이 책이 내 손에 잡히게 되었는지 분명치 않지만, 이 책에서 나는 마치 웅장한 아악이나 교향악의 세계로 뛰어든 듯한 느낌을 받았다. 삼엄한 전제군주 시절에 예수의 가르침을 전하기 위해 목숨 걸고 일본에 건너갔다가 결국 그리도 사랑했던 예수의 초상을 밟으며 배교背教한 한 신부의 비극적인 생애를 보고서 형식으로 쓴 것인데, 이러한 반전을 거듭하는 스토리보다 내게는 예술에 있어서 휴머니즘이랄까, 정신적 깊이 같은 것을 일깨워 준 일종의 교사 같은 책이었다. 또한, 신과 인간의 장려한 드라마를 통해 스무 살 무렵의 자기중심적인 비좁은 세계관을 일부 교정시켰음은 물론, 관념으로 알던 하나님의 실존을 가까운 거리에서 인식하는 계기를 마련하기도 했다.

사실 고집을 부려 미대에 진학했지만, 그 시절 나는 모든 것이 막막했고 모든 것이 혼란스러웠다. 공릉동 캠퍼스의 미대 진입로에 봄이면 물감을 뿌린 듯 노랗게 개나리가 피고, 빛나는 햇빛 아래 고운 옷을 차려입은 여학생들이 행복하게 그 길을 걷곤 했지만, 오히려 허무감에 시달리며 그 아름다운 구도 속으로 들어가지 못한 채 나는 손톱만 한 자의식을 대단한 고뇌인 양 끌어안고 엉뚱한 책이나 뒤적이며 보냈는데, 그렇게 하는 것이 멋있게 사는 일인 줄 알았다.

그 시절 나는 일본 문학에 빠져서 다자이 오사무, 이노우에 야스시, 오에 겐자부로 등의 작품을 좋아했다. 이들은 한결같이 당대의 사상가들이거나 탁월한 역사적 혜안을 가진 석학들로 선이 가는 일본의 탐미적 사소설私小說 작가들과는 사뭇 달랐다. 엔도 슈샤쿠 역시 마찬가지였다. 그 시절 우연히 손에 잡은 문학 서적 한 권을 통해 세계적 예술관이 확충되었다 하면 다소 과장으로 들릴지도 모르지만, 이 책을 읽은 지 이십여 년 후 〈바보 예수〉 연작을 발표하면서 내가 또다시 내 의식의 저 밑에 침잠되어 남아 있던 《침묵》의 분위기를 떠올렸던 것을 보면, 이 책이 준 감동이 결코 적지 않았던 것 같다.

인생의 길이

택시를 탔더니 기사분 머리가 백발이다. "연세가……" 하고 물으니 곧 팔십이라고 했다. 그러더니 나를 돌아보고 나이가 많아 미안하단다. 무슨 말씀이냐고, 건강하게 일하는 모습이 보기 좋다고 했더니 껄껄 웃으며 요즘엔 젊었을 때보다 시간이 세 배쯤 빨리 간다고 했다. 세 배라는 구체적인 수치를 들으니 현실감이 났다.

문득 생각나는 것이 있었다. 내 선생님 한 분이 세월 가는 것에 대해 쓰신 비유다. 정년을 앞두었을 때인데 시간이 마치 낭떠러지에서 굴러떨어지는 자전거같이 간다는 것이었다. 십여 년 전에는 급경사를 내려가는 자동차처럼 간다고 했는데, 십 년 뒤 급경사는 낭떠러지가 되고, 자동차는 자전거가 되었다.

기사분은 무슨 비밀처럼 말했다. 하지만 요즘 세 배 빨리 가는 세월을 네 배 늦춰 산다고. 무슨 말씀이냐고 했더니 젊은 시절보다 네 배 더 부지런히 더 재미있게 산다며 껄껄 웃었다. 네 배 더 웃고 네 배 더 참으며 네 배 더 베풀려고 한단다. 세월 빠르기를 한탄할 게 아니라 세 배 빠른 세월을 네 배 더 가치 있고 더 즐겁게 살면 인생의 길이가 늘어난다는 것이었다. 어떻게 그런 생각을 했느냐고 물었더니 어느 날 신호등 앞에서 문득 깨달음이 왔단다. 산에 들어가 면벽 삼 년 하지 않고 핸들 잡은 채 순간에 깨달은 것이니 그야말로 돈오頓悟 각성이다.

"젊은이." 그분은 내게 젊은이라고 했다. 자신은 칠십에 이 사실을 깨달았지만 젊은이는 내 나이 되기 전에 지금부터 인생의 길이를 대여섯 배로 늘려 살란다. 엊그제는 쉬는 날이라 제주도에 가서 자전거를 타고 왔다며, 자전거 경주에서 상금까지 받았다고 했다. 명절 때면 후배 기사들을 데리고 여러 시설을 찾아다니며 금일봉도 내놓고 도우미로도 일한단다. 그랬더니 세월이라는 놈이 슬슬 잡히

더라고. 마구 질주하더니 주춤주춤 헬끔헬끔 뒤를 돌아본다고 했
다. 요새는 세월의 정강이를 냅다 후려친단다. 표현이 하도 재미있
어 《장자》의 한 구절을 듣는 느낌이었다.

　목적지에서 내리면서 인생을 다섯 배로 늘려 살 것을 약속하며
고맙다고 팁을 두둑이 건넸다. 사실 팁은 순전히 나를 향해 거침없
이 "젊은이"라고 한 한마디 때문이었지만 말이다.

풍경 사이에 사람이 있다

문학과 미술로 지은 집 한 채를 꿈꾸며

글이 그림이 되는 순간이 있다. 그 순간을 잡아 집 한 채를 짓고 싶었다. 햇살이 들었다가 빠져나가도 빛으로 둥둥 떠 있는 집. 하지만 부지하세월, 찬바람은 불어오는데 아직도 내 집은 지어지지 못한 채 색채와 낱말들은 공중으로 떠다닌다. 쾅쾅 못질을 해서 튼실하게 세워질 나만의 집 한 채는 언제쯤 볼 수 있을까.

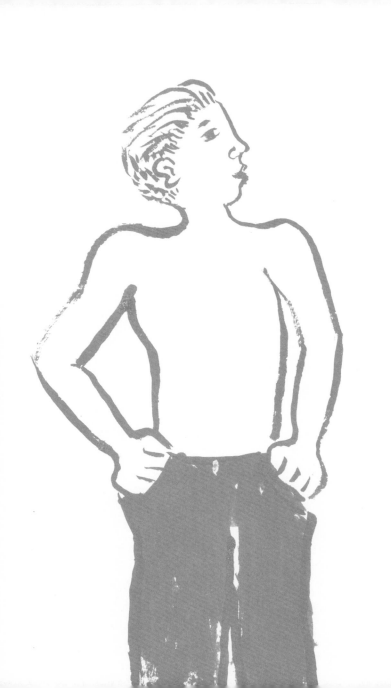

풍경 사이에 사람이 있다

어릴 적 유난히 좋아했던 책 한 권이 있다. 《지리부도》다. 지질이 두 꺼운 표지에 당시로선 귀한 아트지류 종이인 데다 컬러판이어서 화집처럼 끼고 살다시피 했다. 《지리부도》에 나오는 도시며 산 이름 같은 것을 줄줄 외우고 다녔는데, 일부러 그러려고 해서가 아니라 자연스럽게 암기되어졌다. 학교에 오가며 《지리부도》 속 도시나 지명들을 나라에 상관없이 서로 연결하여 노래처럼 부르고 다니곤 했다. 자폐적인 외로운 아이로 성장하면서 나의 여행은 이미 이때 시작되고 있었던 것이 아닌가 싶다. 십 분만 걸어도 그 끝이 뻔한 남쪽의 소읍에 살면서, 전혜린의 '먼 곳에서 그리움'이나 쟝 그르니에의 '이곳 아닌 저곳에 대한 그리움'을 그런 식으로 달래지 않았나 싶다.

재미있는 것은 훗날 내가 어릴 적《지리부도》속에서 만났던 지명들을 실제로 찾아다니게 된 사실이다. 공항에 내려 낯선 땅에 첫 발을 내디딜 때마다 언젠가 와본 듯한 기시감을 갖게 되곤 했는데, 기억의 창고를 뒤지다 보면《지리부도》속 그 이름과 겹쳐지곤 했다. 그런데 놀라운 것은 찾아가보면 어린 시절 지명과 함께 상상했던 것들을 현실로 엇비슷하게 만나게 된다는 점이었다. 아바나와 알제리, 그리고 카트만두와 튀니스, 페스와 카이로 같은 곳이 그랬다.

　　어린 시절 카이로, 하고 눈을 감으면 늘 한 번도 본 적 없는 그 도시가 안개 저편으로 어슴푸레 떠오르고 그와 함께 나를 향해 다가오는 고혹적인 이방의 여인이 보이곤 했는데, 1986년 여름 그 도시에 갔을 때 상상 속 여인과 비슷한 히잡 쓴 젊은 여성이 이틀씩이나 길 안내를 했다. 쿠바의 아바나를 떠올리면 체 게바라 닮은 건장한 사내가 서 있곤 했는데, 실제로 공항 문을 나서자 비슷한 사내가 나를 기다리고 있어서 속으로 놀랐던 경험도 있다. 내가《지리부도》밖으로, 또 다른 초현실 속으로 나와 있구나 하고 실감하는 순간이었다.

달달 외웠던 지명 속 그곳에 사는 사람들을 현실로 만나면서부터
나의 풍경도 완성됐다. 비로소 나의 여행 또한 빛을 발하기 시작했
던 것이다. 옛날의 그《지리부도》로부터 일직선 혹은 곡선으로 길
게 선을 그은 지점에서 예정되어 있었던 것처럼 누군가를 만났다.
이런 일들이 우연이라고? 더욱 놀라운 점은 그 낯선 곳에서 만난
사람들, 대개는 내게 길 안내를 해준 가이드들인 그들로부터 여행
정보 이상의 뭔가를 얻고 돌아왔다는 것. 그들로부터 받은 느낌이
하도 강해 히말라야 설산에 산다는 전설 속 현자를 만나고 온 듯한
생각이 들 때도 있었다. 어쩌면 내가 그토록 낯선 도시를 헤매고 다
닌 것은 풍경 때문이 아니라 사람을 만나기 위한 것인지도 모른다.
그들의 말, 자취들로 내 삶의 한 페이지를 물들이는 것이다.

그렇다. 풍경 속에 사람이 있다. 그리고 보면 가방을 꾸리는 것은 풍경보다도 그 풍경 속 사람을 만나러 가는 일이다. 내가 알지 못하는 지구인을.

몽환의 구름, 송화분분

어렸을 적 아름드리 노송老松이 많은 마을에서 자랐다. 소나무 아래 누우면 쏴아, 하고 지나가는 맑은 솔바람 소리도 서늘했지만, 무엇보다 봄이면 노랗게 지나가는 송홧가루가 황홀했다. 어디로부터 와서 어디로 가는지 모를 그 몽환적 노란색의 이동이라니.

훗날 식물 육종학자 정헌관 박사로부터 그 노란색의 이동에 대해 들으면서 생명의 경이에 차라리 눈물겨울 지경이었다. 송화 꽃에도 암수가 있어서 먼저 꽃을 피워 모체를 떠나는 것은 수꽃이라고 했다. 수꽃들의 발화가 가장 왕성하게 일어날 때쯤, 부드러운 바람이 불어와 그 노란색 생명체의 여행을 도와준다는 것. "바람이 임의로 불매 그 소리를 들어도 네가 어디서 오고 어디로 가는지 알지 못하나니"(《요한복음》 3장 8절)라는 성경 말씀처럼 생명의 근원은 참으로 오묘한 것이다.

수꽃이 먼저 꽃을 피워 이동을 시작할 때쯤 암꽃은 비로소 조용히 발화하여 기다린다고 했다. 그런데 가급적 근친 교합을 멀리하고 우성인자를 얻기 위해 수꽃들의 이동은 때로 몇 킬로미터 여행을 불사한다는 것이다. 대양을 건너고 골짜기를 거슬러 귀환하는 연어들처럼 분분히 날리는 송화들 속에도 그런 쟁투와 시련이 있다는 것. 이 부분에서는 살짝 몸서리가 쳐지기도 했다. 아아, 미세하고 오묘한 생명의 섭리여.

안타까운 것은 아주 적은 수의 꽃들만이 암수 결합하여 생명을 잉태하고 대부분은 낙화하고 만다는 사실. 방하착放下着. 이상적 만남으로 생명 유전자가 무사히 싹을 틔우면 낙락장송도 나올 수 있지만, 대부분 화롯불에 떨어지는 눈꽃 한 송이처럼 그렇게 소멸해 간다. 그토록 소멸해갈 것이라면 저 노란 점들은 왜 저토록이나 아름답고 몽환적으로 태어나 떠나가는 것일까. 아름답지만 슬프다. 몽환의 구름처럼 떠가던 그 송화분분松花紛紛.

인천 옛집

나는 한 달이면 많게는 한두 번씩 홀로 인천에 다녀온다. 반드시 혼자여야 한다. 외국에 나간 경우를 제외하고는 지난 오십여 년 동안 거의 그렇게 했다. 가끔 이런 얘기를 하면 사람들이 묻는다. 왜 그렇게 자주 가느냐고. 그리고 왜 꼭 혼자 가느냐고. 그럴 때마다 나는 바로 이런 이유 때문이라고 속 시원히 말하지 못한다. 그건 나만의 내밀한 사연들이 얽혀 있어서다.

인천은 내 제2의 고향이다. 첫 번째 고향이 비교적 단순한 유년 시절의 추억만으로 남아 있다면, 두 번째 고향 인천은 내 소년과 청년 시절의 감성과 방황, 그리고 다양한 추억들이 기억 속 창고에 고스란히 남아 있는 곳이다.

내가 홀로 찾아다니는 동선은 비교적 제한되어 있다. 첫 번째 가는 곳은 지금은 없어진 동양화학이라는 하얀 건물을 지나서 있는 옥련동 옛 집터다. 근처가 온통 배밭이어서 나는 조석으로 그 배밭을 거닐며 문학적 감성과 화가의 꿈을 키우곤 했다. 우리 집에서 얼마 떨어져 있지 않은 곳에 송도역이 있었는데, 어느 날 문희와 김희라가 나오는 〈비 내리는 고모령〉 촬영이 그곳에서 있다는 소식에 학교가 끝나자마자 책가방을 던져놓고 여배우 문희를 구경하러 가기도 했던 추억이 바로 어제인 듯 선명하다. 하지만 이제 그 옥련동 옛집과 배밭, 심지어 십여 채 있던 구옥의 동네도 사라져버렸다. 그럼에도 불구하고 나는 실향민처럼 옥련동 옛집을 찾아 근처를 배회하다 오곤 한다.

옥련동 집에서 큰길로 나오면 안내양이 있는 마이크로버스가 다녔다. 대학 입시 때도 나는 이 마이크로버스를 타고 동인천역에서 다시 기차를 갈아탄 후 동숭동까지 갔다. 하마터면 입시장에도 못 들어갈 만큼 아슬아슬하게 도착했는데, 지금 생각하면 참 융통성 없고 바보 같은 일이다. 대학 근처에 숙소를 잡아 하루 머물고 시험 볼 생각 같은 것은 하지도 못했던 것이다.

두 번째 내가 인천에 갈 때 둘러보는 곳은 공설운동장에서 가까운 숭의동 옛 동네다. 내가 살던 산등성이 숭의동 109번지 역시 지금은 사라지고 아파트들이 들어차 있지만, 기억 속 공간을 더듬어 옛 동네를 찾아가곤 한다. 숭의동 109번지에서 다시 이사한 곳은 공교롭게도 옐로하우스라고 불리던 유곽이 있는 동네였다. 밤이면 불야성처럼 불빛으로 환하고 아가씨들이 나와서 호객 행위를 하는 그 동네를 지날 때마다 가슴이 두 근 반 세 근 반 했다. 수줍어하는 나를 아가씨들은 깔깔거리며 잠시 쉬어가라고 부르곤 했는데, 그때마다 나는 빠른 걸음으로 그 앞을 지나갔다. 그런 나의 뒤통수에서 아가씨들의 웃음소리가 들려오곤 했다.

그러다가 다시 이사 간 곳은 율목동의 율목공원 가까이였다. 말이 공원이지 그냥 놀이 시설 몇 개 있는 공터였는데, 가까이에 일제강점기 목조건물인 시립도서관이 있었다. 유리문을 드르륵 밀고 안으로 들어가면 오래된 나무 냄새가 나는 목조건물 안에 여러 개의 책걸상이 놓여 있고, 쉽게 뽑아 볼 수 있는 다양한 책들도 있어서 나는 집보다는 그 시립도서관에서 보내는 시간이 많았다. 그러나 어느 해 가보니 시립도서관은 흔적도 없어져버리고 그 자리에 연립주택이 서 있어서 너무나 놀랐다. 사연을 알아보니 무슨무슨 시민 단체들에서 그 건물이 일제의 잔재라며 시에 강력하게 철거를 요청하여 없어졌다는 것이다. 나는 내 소중한 추억의 한 토막이 뭉툭 잘려 나간 듯하여 가슴이 쓰리고 아팠다. 이 일이 있은 후 나는 인천의 문화 관련 단체에서 자문해오거나 내려오라고 하면 열 일 제치고 내려가서 내 주장을 펴곤 한다.

참으로 아쉬운 것 중 하나는 나의 모교인 배다리 옛 인천고등학교가 박물관이나 기념관으로 남아 있지 못하고 일반인에게 매각되어버린 일이다. 내 모교는 한 세기를 훌쩍 넘어서는 우리나라 유수의 고등 교육기관으로, 그 건물 또한 적벽돌로 지어진 유서 깊은 인천의 명소였다.

고등학교 시절 나는 문학과 미술에 걸쳐 다채로운 활동을 하면서 한 달에 한 번 열리는 운동장 조회 때면 자주 상을 받으러 뛰어나가 곤 했다. 교지를 만들었고, 나와 몇몇 미술반 친구들이 교표도 새로 만들었다. 그 시절 나는 내 모교인 인천고교에 대한 자부심이 유난히 강해서 어린 나이였지만 지역 신문 등 몇몇 매체에 우리 학교 자랑을 기고하곤 했다. 아마 당시 나의 모교와 경쟁 관계에 있던 다른 한 고등학교를 의식해서였던 듯하다. 그토록 사랑했던 내 학교의 교사校舍가 제대로 그 역사와 전통의 빛을 발하지 못한 채 천덕꾸러기처럼 방치되어 있는 것을 보면 속이 상하곤 해서 오랫동안 만남을 가져왔던 인천 지역의 원로분을 만나면 섭섭함을 토로하곤 했지만 되돌릴 수 없어 아쉽기만 하다.

그런데 어느 날 우리 고등학교 가까이에 서울대 의대를 나온 한 아가씨가 산부인과 병원을 세웠다. 그것이 바로 이길여 산부인과다. 인천에서 처음으로 엘리베이터가 설치된 건물이라 하여 너무도 신기해서 학교에 오갈 때마다 현관 쪽에서 병원 안쪽을 구경하곤 했다. 하얀 가운을 입은 당차 보이는 원장 아가씨가 스태프를 이 끌고 분주히 오가던 모습이 눈에 선하다. 이길여 산부인과를 모체 로 하여 오늘날 가천재단과 병원, 대학, 박물관 등이 세워지리라고 그때는 상상도 하지 못했다. 십여 년 전 바로 그 이길여 산부인과가 인천 이길여 기념관으로 개소식을 할 때 마당 가득 모인 청중 앞에 서 나는 이길여 병원과 관련된 옛이야기들을 축사 겸 하게 되었고, 수많은 사람이 미처 몰랐던 사실이라며 공감을 해주었다.

이길여 병원이 세워질 때만 하더라도 다산 시대여서 한 가구에 대여섯 명, 많게는 일고여덟 명까지 아이들을 낳곤 했는데, 이 병원 이 보증금을 안 받는다고 소문이 나면서 가난한 임산부들이 몰려들 었다. 아이를 출산한 다음 병원비를 내지 않은 채 심야에 야반도주 하는 일이 많았지만 이길여 원장은 일부러 모른 척 잡지 말라고 해 서 소문이 퍼져 나갔고, 우리 어머니도 그분이 참 훌륭한 분이라고 늘 이야기하셨다는 일화 같은 것을 그날 들려주었다. 거기까지는 좋았는데 학교에 오면 선생님들이 저 위에 이길여 병원 원장은 여학생인데도 서울대 의대까지 나와서 병원을 개업했는데 너희들은 사내 녀석들이 이따위로 공부해서 되겠느냐고 핀잔을 주곤 했다는 이야기에 다들 웃음을 터뜨렸다.

배다리 내 모교에서 길을 건너면 철교 아래로 헌책방들이 줄지어 있었다. 문학소년이었던 나는 그 헌책방의 단골 손님이기도 했다. 한동안 모조리 사라질 것 같던 그 헌책방들이 다시 하나둘 문을 열고 있다니 반가운 노릇이다. 떠나갔던 추억의 한 토막이 되돌아온 느낌이다.

배다리에서 시작해 자유공원에 이르는 동인천역 앞길은 오륙십 년 전이나 지금이나 거의 변화가 없어서 나는 안도하는 마음으로 이 추억 속 옛길을 한 번씩 걷다 오곤 한다. 자유공원 맥아더 동상 아래 인천구락부 앞길도 내가 자주 가는 곳이다. 옛날에 화판을 들고 와서 자주 그리던 청관과 그 일대 풍경 속을 걸어보는 것이다. 그러고 나서 가는 곳은 신포시장이다. 손위 누나가 인천 유력 기업 회장의 비서로 있었는데, 집에 오는 길에 회사에서 가까운 신포시장에 들러 저녁거리를 사 오곤 했다. 누나를 기다리던 그 추억 때문에 신포시장을 찾아가 이것저것 사 들고 서울로 돌아온다.

내 고등학교 시절 학우들 가운데는 황해도, 충청도, 호남에서 온 친구들이 유난히 많은데, 그만큼 인천은 디아스포라Diaspora의 국제 도시라 할 만큼 일찍부터 열려 있는 곳이었다. 근대 문화유산이 유난히도 많은 이 지역이 그동안 특별한 정체성을 드러내지 못한 채 웅크려 있는 듯한 느낌이 들어서 나는 틈이 날 때마다 인천을 드나들면서 유력 인사들에게 문화 도시 인천, 근대 도시 인천을 가꿔야 한다는 의견을 개진하곤 한다.

내 예술가적 감성을 키워준 도시 인천. 언제 가도 늘 가슴 한쪽을 저리하게 만드는 그곳. 지금은 사라져버린 나의 옛집들. 실향민 아닌 실향민이 되어 이렇게 오늘도 나의 인천 앓이는 계속된다.

베트남 신부의 눈물과 삶은 달걀

한 문화재단의 행사로 베트남을 다녀왔다. 베트남전이 끝나던 해 '졸병'으로 군대 생활을 했던 나로서는 베트남에 대한 모든 기억과 이미지가 끊어진 필름처럼 떠오른다. 하지만 하노이에 내려보니 '흑백 대한늬우스'로만 접했던 그 옛날의 스산한 모습은 간 곳 없고 독특한 활기에 넘치는 새로운 도시가 펼쳐져 있었다. 인상적인 것은 한때 총부리를 마주했던 나라인 한국의 대기업 간판들이 유난히 자주 눈에 띈다는 점. 동행한 원로 사학자가 한국과 당시 월맹 간의 참상을 양국의 인명살상 숫자로 설명해주었지만 가물가물 현실감 없기는 마찬가지였다.

　햇빛이 자글자글 끓고 있는 호찌민 시의 한 박물관 앞 갤러리에 크게 걸린 클린턴 전 미국 대통령의 활짝 웃는 방문 사진을 보면서 새삼 역사란 무엇인가 되뇌지 않을 수 없었다. 재미있는 것은 그가 공산 베트남을 방문해서 정부 수뇌에게 베트남전에 대해 사과하자 그 정부 수뇌는 "너희가 왜 미안하다고 하느냐. 우리가 이겼는데" 라고 했다는 것. 민족적 자존감을 잃지 않는 베트남인들에 대해 슬며시 미소가 나온다.

거리에서건 식당에서건 사람들의 표정이 한결같이 밝고 맑고 순수해 오히려 당혹스러울 정도다. 천 년에 걸친 중국의 지배, 한 세기에 가까운 프랑스의 지배와 전쟁, 연이은 일본·미국과의 전쟁을 겪었으면서도 우울이나 그늘이 잘 읽히지 않았다. 어쩌면 그 민족적 유전자DNA 속에 증오와 분노 대신 용서와 화해, 선함에 대한 덕목이 아로새겨져 있는 듯 보였다. 다만 한 가지 살짝 우려되는 것은 그 나라에도 여지없이 자본의 후폭풍이 거세게 덮쳐오고 있다는 점. 흡사 외계인의 침공처럼 거리 가득 쏟아져 나오는 오토바이 사이로 나부끼는 붉은 깃발들이 무색하게 명품점마다 사람들로 북적여 핏빛 이념도 끓어오르는 자본의 욕망 앞에서는 속수무책이라는 느낌이 들었다.

　작은 사건은 인천으로 돌아오는 비행기 안에서 있었다. 먼저 자리 잡은 옆자리 젊은 베트남 여인이 하염없이 눈물을 쏟고 있었다. 한국으로 시집오는 새댁으로, 조금 전 가족과 작별한 듯싶었다. 얼굴을 감싸고 흐느끼는 야윈 어깨가 눈에 들어왔다. 덩달아 코허리가 찡해졌다. 한참을 울다가 창밖을 보던 여인이 이번에는 가방에서 부스럭거리며 비닐봉지를 꺼내더니 떡처럼 생긴 음식을 허겁지겁 먹어대기 시작했다. 내 다른 쪽 옆자리 한국인 승객이 그 모습을 보며 곧 기내식이 나올 텐데 왜 저렇게 먹어대는 거지, 중얼거릴 정도였다.

　바로 그때였다. 떡 덩어리 사이로 삐죽 보이는 삶은 계란 하나. 그 계란을 보는 순간, 갑자기 가슴이 두근대기 시작했다. 까맣게 잊고 있던 기억의 저편으로부터 불쑥 떠오른 어떤 풍경 때문이었다. 그랬다. 내가 고향 집을 떠나올 때마다 어머니는 새벽같이 일어나 계란을 삶았다. 그 삶은 계란 몇 개를 비닐봉지에 넣어주곤 했다. 내가 뿌리치노라면 기차역까지 그 비닐봉지를 가지고 나와 한사코 가방에 밀어 넣어주곤 했다.

차창으로 바라보는 승객들의 눈길을 뒤통수로 받으며 "엄마 창피해. 제발 이러지 마요"라고 해도 소용없었다. 그렇게 막무가내로 비닐봉지가 내게 건네지고 나서야 어머니는 비로소 안도의 얼굴로 멀어지는 기차를 바라보았다. 그 어머니의 음식을 나는 기차가 수원쯤에 도달했을 때에야 먹곤 했다. 너무 삶아 푸르스름해진 계란을 먹을 때마다 목이 메어왔다. 엄마 미안해. 나도 이 베트남 여인처럼 그렇게 소리 없이 울면서 어머니의 음식을 먹었다. 안다. 알고말고. 저 여인이 허겁지겁 먹은 것은 단지 배고파 먹는 음식에 대한 허기 때문만은 아니었을 것이다. 예쁜 기내식으로는 채워질 수 없는, 어머니에 대한 사랑과 그리움을 먹었던 것이다.

문득 장차 저 여인도 자기 어머니가 그랬던 것처럼 길 떠나는 자신의 아이에게 정성과 사랑의 음식을 챙겨주는 좋은 엄마가 되리라는 확신이 들었다. 그런데 선망의 코리안 드림행 비행기에 몸을 싣고 한국으로 오는 베트남 여인을 내 나라는 과연 잘 맞이할 준비가 되어 있는가 하는 데까지 생각이 번져 나갔다. 이 여인을 잘 맞이할 준비는 돼 있나. 그러다 불현듯 공중화장실이나 골목에 붙어 있는 전단 생각이 났다. 저렴한 비용으로 제3국의 신붓감을 속성 알선해 주겠다는 식의 민망한 내용들. 거기에는 베트남도 나와 있었다. 한국에 시집온 여인들의 아이들이 어느덧 중학생이 되고 고등학생이 되건만 이런 식의 배려 없는 광고 내용은 더욱 기승을 부린다. 혹시라도 그녀의 아이들이 그런 문장을 대할 때면 '우리 엄마도 이렇게 한국에 왔나'라고 생각할 수 있으리라는 점은 왜 떠올리지 못하는 것일까. 사실 나와 당신들은 그 옛날 비닐봉지에 담긴 어머니의 음식을 건네받은 지점으로부터 그리 멀리 와 있지 않다.

번쩍거리는 정보기술IT 강국, 화려한 한류의 한국은 비닐봉지에 담긴 어머니의 음식으로 상징되는 또 다른 한국과 맞닿아 있다는 것을 잊지 말아야 한다. 그럴 때 코리안 드림을 안고 오는 그녀, 혹

은 그의 모습들에서 어제의 나 혹은 우리의 모습을 발견하고 팔 벌

려 끌어안을 수 있을 것이다.

여인의 향기, 이란에서

쓸쓸하고, 아름답고, 높고, 적막하고……
이란 여행이 가끔 생각난다.

그 나라에는 유독 미인이 많다. 슬프게도 그 아름다운 얼굴이며 몸
매를 많이 가려버리고 있지만, 그럴수록 신비한 아름다움의 아우
라는 더해 보인다. 무더위 속에서도 히잡을 써야 하는 고충이 클 텐
데, 적어도 표면적으로는 그런 속내를 잘 드러내지 않는다. 이란은
이슬람을 국교로 하는 신정정치적 왕정 국가의 느낌이 강한데, 특
히나 여성에 대해서는 더 그러한 분위기다. 그들은 왜 신神이 그토
록 심히 좋다고 스스로 감탄하셨던 사람, 그중에서도 여인의 아름

다움을 죄악시하는 걸까. 왜 한사코 가리고 싸매서 그 아름다움이 노출되지 못하도록 하는 걸까. 죄는 눈에서 온다고? 왜 아름다움을 보는 눈까지 정죄하는가. 조용필의 노랫말 가운데 "아름다운 죄"라는 대목이 나오는데 진실로 이란의 여인은 아름다울수록 죄에 가까이 있다는 얘기가 되는 셈이다.

그해 나는 테헤란을 거쳐 시와 장미의 도시 시라즈에 갔는데, 내가 묵은 호텔 또한 옛 왕조 시대의 건물인 양 고전적 건축 양식이었다. 호텔 입구에 붙은 "신의 이름으로 말하노니"로 시작하는 경구문이 눈길을 끌었다. "신의 이름으로 말하노니 여성은 발목 위로부터 맨살을 드러내지 말 것이며……." 세상에 무슨 신이 저런 말을 했다는 건가 싶었지만, 어쨌거나 그 문장은 헌법 조문처럼 버젓이 호텔 입구에 붙어 있었다.

다음 날 아침, 호텔 뒷마당 숲길을 걷다가 벤치에 홀로 앉아 있는 여성에게 다가가 이에 관해 말을 붙여봤다. 너무도 우아한 모습이었다. 어떻게 생각하느냐고 묻자 그 젊은 여성은 대답 대신 조용히 웃기만 했다. 그러면서 이란에 처음 왔느냐, 다음 행선지는 어디냐는 식의 일상적인 질문을 했다. 누군가 멀리서 망원경으로 감시라도 하는 듯, 조심스러워했다. 내 질문들을 슬며시 피하고 있었다. 그녀는 내게 한국 TV 드라마를 본 적 있다고도 했다. 나는 이란의 찬란한 문화 전통에 대해 얘기하면서 하지만 여성들이 쓰고 있는

히잡 문화만은 이해하기 어렵다고 다시 말을 꺼냈지만, 여인은 여전히 미소로만 답했다. 헤어질 때 서울에 한번 여행 오지 않겠냐고 했더니 이란 밖을 나가본 적 없다고 했다.

그러면서도 "인샬라!"는 한다.

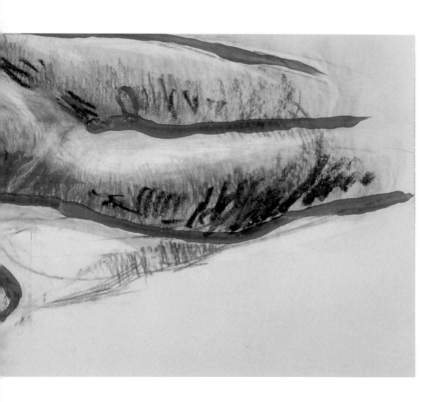

나의 인도인 스승 하산

한 해가 간다. 새해에는 좋은 날을 골라 인도 여행길에 오르려 한다. 인도에 가려는 까닭은 산동네 심라에 살고 있는 나의 스승 하산을 만나보기 위해서다. 그가 있는 심라에 가게 된다면 가급적 그곳에서 삼백 킬로미터 떨어진 그이의 고향 피슈미르까지 가서 그의 가족을 만나는 일까지도 하고 싶다. 그 생각을 하면 가만히 가슴이 두근거린다. 얼굴을 대면하면 우리는 무슨 이야기를 나눌까. 어쩌면 기껏해야 그의 비쩍 마른 손을 마주 잡고는 미소 짓다 돌아올지도 모른다. 나는 그의 언어를 모르고 그 역시 나의 언어를 모를 것이기 때문이다. 그런데 사실 나이차로만 본다면 스승이라는 말이 가당한가. 그는 나보다 열 살 가까이 아래인 데다 무엇보다도 우리는 한 번도 만난 적 없는 사이이기 때문이다.

이 무슨 말장난이냐고? 그렇다. 만난 적 없을 뿐더러 우연히 한 텔레비전 프로그램 속에서 그를 본 후, 열 번 쯤 다시 보기를 한 게 전부다. 그러나 나는 그를 내 마음속 스승의 한 사람으로 굳건하게 생각하고 있다. 그와 함께 식사한 적도 없고 나란히 오솔길을 걸은 적도 없지만, 일상의 소란한 모퉁이나 고요한 사색의 순간에까지 그를 문득 생각하는 순간이 적지 않기 때문이다. 그림을 그리다가, 화려하게 차려진 식탁에서 배불리 음식을 먹다가, 헉헉대며 산을 오르다가 그를 문득문득 떠올린다. 분노와 고삐 풀린 욕망에 휘둘릴 때면 고개를 가로젓는 미소 띤 그의 얼굴이 떠오르기도 한다. 이쯤 되면 스승과 제자 사이가 아니고 무엇이겠는가. 얼굴을 마주하고 몇 번 만났는가 하는 것은 하수들의 셈법이다. 그렇다면 하산은 누구인가.

그는 식민지 시절 영국인들이 여름 수도라고 이름 붙인, 해발 이천 미터가 넘는 까마득한 산동네 심라의 짐꾼이다. 도저히 차가 들어가지 못하는 가파르고 꼬불꼬불한 산악에 자리 잡은 심라의 주민들은 하산 같은 짐꾼 없이는 옴짝달싹 못 하는 생활을 하고 있다. 그러다 보니 심라에는 주민 십오만 명에 짐꾼이 이만 명이다. 짐을 지는 도구도 달리 없다. 크건 작건 모든 짐을 짐꾼들의 맨등짝에 의존할 수밖에 없어서 그들의 등은 허물이 벗어지고 또 아물기를 거듭한다. 하산 역시 척추는 굽고 등에는 옹이 같은 굳은살이 박였다. 무릎뼈는 짐의 무게를 못 이겨 내려앉아버렸다. 때로는 이백 킬로그램이 넘는 큰 기름통 같은 짐을 세 사람의 짐꾼이 함께 보조를 맞춰 운반해야 하는 위험한 경우도 있다. 하산은 열다섯에 이 일을 시작하여 삼십 년 이상 짐 나르는 일을 해왔다.

그들이 먹고 자는 공동 숙소 푸슈케에는 침대도 냉장고도 없다. 바닥에 골판지를 깔고 자며, 세간이라고 해봐야 허름한 옷 두어 벌, 고향에서 가지고 온 잡동사니를 넣어둔 낡은 가방 하나가 전부다. 먹는 것 또한 열악하다. 그토록 뼈가 부서지게 일하고 돌아와 카레에 버무린 주먹밥 하나 달랑 먹는다. 그나마 라마단 기간에는 아침부터 오후 늦게까지 음식은커녕 물 한 모금 마시지 못한다. 아침에 눈을 뜨면 그 지옥 같은 일과가 두렵지만, 그보다 더 두려운 것은 병이나 사고로 더 이상 일을 못 하게 되는 것이다. 가장인 그가 일을 못 하면 가족들은 굶어야 하고 아이들은 학교를 다닐 수 없다.

이 고통스러운 삶을 하산은 수행처럼 받아들인다. 다쳐서 앓고 있는 동료들을 돌봐주며 용기를 불어넣기도 한다. 가쁜 숨을 몰아쉬며 엄청나게 무거운 기름통을 지고 오르막을 오르며 그는 말한다. "나는 이 일이 나에게서 끝났으면 한다. 내 아들은 이처럼 고생하지 않았으면 한다. 하지만 나는 기쁘게 일한다. 이것이 신의 뜻이라면 나는 감사함으로 받겠다." 그러다가도 극심한 고통에 사로잡히면 저도 모르게 중얼거린다. "신이시여, 저를 이 짐으로부터 자유롭게 하여주소서"라고. 그는 아주 조금 먹고 아주 조금 마시며 몇 개의 단어로만 말한다. 자신의 고통을 단순화한다. 울음으로도 부족한데 대체로 환한 표정으로 하루를 보낸다.

플라스틱으로 된 조화처럼 화려하나 향기 없고 생명 없는 말들로

자신을 과장하고 포장하는 세태 속에서 도망치고 싶을 때마다 오르막을 오르는 하산의 얼굴이 떠오른다. 그렇다. 그저 그 눈빛과 쉴 새 없이 흘러내리는 땀과 말 없음이 나의 스승이다. 몇 가지 소박한 선물을 챙겨 들고 새해에는 꼭 인도행 비행기를 탈 작정이다. 가서 조용히 그의 눈빛을 보고 손을 잡고는 돌아올 생각이다.

유쾌한 알도 씨

알도는 쿠바에서 내 길 안내를 해주었던 마흔아홉 살 남자다. 이제는 오십 대 중반을 훌쩍 넘어섰을 것이다. 알도는 전형적 물라토(백인과 북아프리카의 혼혈) 피부색을 가졌는데, 흡사 NBA 농구 선수처럼 훌쩍 큰 키에 북한으로 유학 가서 조선어를 공부했다. 그래서 그의 한국어 실력은 흡사 말을 처음 배우기 시작한 다섯 살배기만큼이나 어색하고 조합이 잘 맞지 않는다. 게다가 북한식 어순과 남쪽 표현이 뒤섞여 가끔씩 웃음을 자아내게 했다.

　말하자면 이런 식이다. "말을 잘 조직해서 안내하겠습니다. 하지만 말 잘 조직하지 못해도 실례합니다. 며칠간 잘 소명하겠습니다." 쿠바가 혼자 여행하기에 안전한가를 물었을 땐 이런 대답이 나왔

다. "쿠바는 안전합니다. 그렇기 때문에 살인이 잘 안 됩니다." 여
자 친구가 있는가, 라는 질문에 대한 답은 이랬다. "있습니다. 하지
만 (손을 가로로 하여 목에 대고서는) 아내가 알면 목을 자릅니다."

알도는 여행 내내 유쾌한 모습이었다. 그의 얼굴에선 걱정, 근심,

우울의 빛 같은 것은 결단코 한 올도 찾아볼 수 없었다. 무리한 일 정과 길 안내로 미안한 마음에 팁을 내밀어도 한사코 받으려 들지 않았다. 하도 그래서 돈이 싫으냐고 묻자 싫어하지도 않지만 특별 히 좋아하지도 않는다고 대답했다. 그에게서는 직업적 가이드 냄새 같은 것이 나지 않았다. 피곤하지 않느냐고 했더니, 자기가 하는 일 을 아주 좋아하고 사랑한단다. 알도는 마치 그물에 걸리지 않는 바 람처럼 자유로웠다.

이 심신이 무거운 여행자를 위해 알도는 든든한 아우처럼 나를 챙겨줬다. 줄레줄레 매달고 가진 것은 내가 더 많지만 자유의 양만 은 그가 훨씬 더 많을 것 같았다. 일상이 무겁게 느껴질 때면 고단 한 삶에도 불구하고 언제나 유쾌하던 쿠바의 알도를 떠올린다.

사랑의 교사敎師, 나트구릉

이상스럽게도 낯선 여행길에서 삶의 사표師表가 될 만한 사람들을
만나게 되곤 한다. 전혀 예기치 않은, 가이드나 노점상 같은 이들인
경우가 많다. 교회나 성당 혹은 사찰 같은 곳의 이름난 이들이 아닌
일상 속 가난한 이들이 대부분이다. 그들의 삶에 나의 삶을 비추어
보며 스승으로 삼을 만하다고 느끼게 되는 것이다.

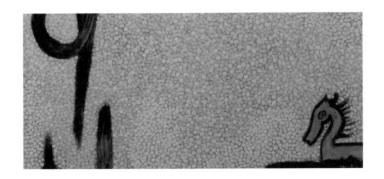

네팔에서 만난 나트구룽 또한 그랬다. 삼십 대 후반의 그는 산골의 가난한 집에서 태어나 코리안 드림을 일궈낸 인물이다. 한국에 와서 근로자로 힘들게 일하며 모은 돈으로 대학을 마친 의지의 청년이다. 그는 나의 네팔 여행 중에 사흘간 가이드 역할을 해줬다. 주로 차로 이동하는 구간에서 네팔의 역사와 문화에 대해 마이크를 잡고 한국어로 말해주었다.

여행 중 어느 날 그의 아내와 합석하여 저녁 식사를 하게 되었다. 아내를 집에 바래다주고 온 그에게 넌지시 물어보았다. 부부 싸움을 한 적이 없느냐고. 그가 조용히 미소 지으며 대답했다. "없습니다, 한 번도." 나는 어떻게 그럴 수 있느냐고, 거짓말 말라고 했다. 그가 맑은 눈을 들어 내게 물었다. "왜 싸움을 했으리라고 생각하시는 거죠?"

나는 그가 하도 맑은 눈으로 물어봐 대답이 궁해졌다. "그러니까…… 내 말은…… 십 년 넘게 함께 살다 보면 화나는 일도 있을 수 있고…… 오해나 갈등도 생길 수 있고……." 그가 다시 환하게 웃으

179

며 대답했다. "아, 그런 일이 있을 수도 있지요. 하지만……." 그는 다시 나를 향해 부드럽게 웃었다. "그런 경우 제가 다 참습니다. 아내를 사랑하면 참을 수 있습니다. 아내는 사랑의 대상이지 싸움의 상대가 아니거든요. 사랑을 위해 참는 것 또한 즐겁습니다."

'사랑은 오래 참고……'라는 성경의 한 구절이 머릿속을 지나갔다. 그 순간, 나는 그가 나보다 정신의 키가 몇 뼘은 더 큰 사람이라는 느낌이 들었다. 문득 할 말이 없어져버렸다.

"선생님." 그가 나를 불렀다. "저는 참 행복합니다."

왜 아니겠는가. 나는 고개를 끄덕였다. 우리보다 열 배쯤 못사는 나라의 청년 앞에서 유행가 가사처럼 나는 자꾸 작아지고 있었다. 행복. 그토록 사람들이 목말라하고 찾아 헤매는 그것. 그 행복을 잡으려 안간힘을 쓰며 달리지만 문득 멈춰 서서 "나는 지금 행복하다"고 고백할 사람은 많지 않을 것이다. 그러고 보면 '행복'이란 잡을 수 없는 '나비' 같은 것은 아닌지. 그런데 내 앞에서 이 가난한 청년은 "지금 행복하다"고 고백한다. 그 순간, 확실히 행복이라고 부를 만한 환한 빛 하나가 그 앞에 머물러 있는 것이 보였다.

"노래를 하나 불러드릴까요?" 그는 창밖의 하얀 눈에 덮인 히말라야를 보며 조용히 노래를 불렀다. 그리고 자신의 노래가 들어 있다는 테이프 하나를 내밀었다. 자신은 혼자 노래 부르는 것을 좋아하고 아내는 또 그 노래 듣는 것을 좋아하여 테이프를 하나 만들어 봤다고 했다. 열흘도 안 되는 짧은 기간 동안 나트구릉의 거울에는 나의 탐욕, 오만, 무지, 거짓, 그리고 위선의 얼룩들이 여지없이 비춰지고 있었다.

"구룽, 그대는 나의 스승이에요." 작별하기 전 나는 그렇게 고백했다. "선생님, 그런 말씀 하지 마세요." 그는 환히 웃으며 두 손으로 내 손을 꼭 쥐어주었다. 투박했지만 따스한 손이었다.

그는 나를 위해 샀다는 네팔 종이 스케치북 한 권을 내밀며 귓속말로 말했다. "선생님, 지금 행복해지면 다음 행복이 꼬리를 물고 온답니다. 그러다 보면 죽음의 경계에 닿도록 행복할 수 있지요. 여기다가 행복을 그리세요. 그러면 선생님은 늘 행복하실 거예요." 나는 고개를 끄덕이며 공항으로 들어갔다. 돌아보니 그는 예의 그 환한 웃음과 함께 손을 들어 보였다.

지금도 삶이 후줄근하게 느껴질 때면 나는 불현듯 가방을 꾸린다. 아직도 다 못 찾아간 그 옛날 《지리부도》 속에서 눈 맞추었던 곳들을 찾아서. 하지만 내 여행은 이제 풍경보다는 사람을 만나기 위해서다. 거기 낯선 골목을 돌아서면 문득 만나게 될지도 모를 나의 또다른 스승을 그리며.

내 안의 히말라야 소년

히말라야 설산에는 현자賢者가 산다. 세상 여러 곳으로부터 지혜를 구하러 그 현자를 찾아가는 행렬이 이어진다. 하지만 그 길은 멀고 험해 이른 봄에 출발하여 겨울에 닿기도 한다.

"그대도 혹 지혜를 구하러 히말라야로 가는가." 네팔로 가는 가방을 싸는 내게 친구 P는 그렇게 물었다. 그러나 내가 그곳으로 떠나는 이유는 다른 데 있었다. 네팔 대사를 지낸 류시야 선생의 전화 때문이었다. 비전스쿨의 교사校舍 준공식이 있으니 함께 가자는 것이었다. 사연이 없지 않았다. 류 선생은 그곳 대사를 마치고 네팔을 떠나기 전 불현듯 결심 한 가지를 했고, 산지사방에 그 결심을 알리기 시작했다. "저는 가난하고 척박한 이 땅과 사랑에 빠졌습니다.

아이들의 맑고 순수한 얼굴이 눈에 밟혀 도저히 떠나지 못하겠습니다. 가기 전 학교를 하나 세우려 합니다. 도와주십시오."

나는 생각날 때마다 미미한 돈을 보내다 말다를 거듭했다. 잊을 만하면 한 번씩 설레는 목소리로 전화가 걸려오곤 했다. "학생이 일흔 명을 넘어섰습니다. 그곳에 갈 한국인 교사를 구할 수 있을까요?" "드디어 백 명이 되었네요." "이제 이백 명을 넘어섰습니다. 새 교실이 필요합니다. 컴퓨터가 있다면 좋겠는데요." 이런 전화를 받을 때마다 좀 성가시다는 생각과 함께 참 좋은 일을 하는 분이구나 하는 생각이 스쳐 갔다. 그러다 마침내 두 번째 교사를 짓게 되었다며 함께 가자고 했던 것이다. 그런데 권유치고는 좀 강했다. 내가 그곳에 꼭 가야 할 이유가 몇 가지 있는데 현지에 가서 설명해주겠다고 했다.

그렇게 해서 찾아간 카트만두는 수도라는 이름이 무색할 만큼 무너져내리는 듯한 풍경의 연속이었다. 가장 안쓰러운 것은 길목마다 한사코 얽혀드는 아낙이며 아이들이었다. 길고 마른 팔에 조잡한 수공예품을 치렁치렁 걸고 다가와 한사코 코앞에 들이대며 애원하는 맨발의 아낙들과 마른 몸에 슬픈 목소리로 뭐라고 얘기하며 끝까지 따라붙는 아이들…….

　우리가 찾아간 학교는 먼지 풀썩이는 길을 끝도 없이 달려간 산골에 있었다. 버스가 햇빛 환한 운동장으로 들어서는데, 감색 교복 차림의 아이들이 서 있다가 우릴 맞아주었다. 한 사람씩 내릴 때마다 아이들이 노란색 천을 목에 걸어주고 꽃송이를 하나씩 건네주었다. 나는 꽃을 준 소년의 손을 잡고 운동장으로 걸어갔다. 작은 손에선 따뜻한 온기가 전해졌다. "이름이 뭐니?" 아이는 부끄러워하며 '길다' 뭐라고 하는데 잘 들리지 않았다. 긴장한 탓인지 콧잔등에는 땀이 송송 맺혀 있었다.

　햇빛이 자글자글 끓고 있는데 정부 관리의 환영사는 하염없이 길었다. 평생 이분들의 은혜를 잊지 마라. 열심히 공부하면 여러분 중에 대통령도 나올 수 있다는 내용 같은 것이었다. 축사가 이어진 뒤 준비해 온 선물이 전달됐다. 길다에게도 공책 몇 권과 색연필이 주어졌

다. 선물을 받는 길다의 손이 가볍게 떨리는 것이 보였다. "길다, 좋으니?" 물으면서 나는 무심코 열 살짜리 소년의 눈을 보고 말았다. 그런데 그 눈은 어디선가 본 듯한 눈이었다. 그 말할 수 없는 기쁨과 설렘으로 뒤엉킨 눈동자는 바로 수십 년 전 나의 그것이었다.

교장 선생님의 축사와 방문한 분의 인사말이 이어졌다. 마침내 순서가 끝나고 차에서 선물이 내려졌다. 우리는 너무 기대에 차 거의 심장이 멎어버릴 지경이었다. 옷이며 운동화와 모자, 학용품 등이 쏟아져 나왔다. 앞줄부터 한 사람씩 선물을 받았는데 처음 보는 것들도 있었다. 어떤 친구는 용도를 알 수 없는 물건 하나를 받아 그 해 겨울 내내 한동안 귀마개로 쓰고 다녔는데, 나중에 보니 그건 여성용 속옷이었다. 내가 받은 건 헌 지갑과 공책이었다. 그런데 부반장 여자아이가 살며시 다가와 제 몫의 선물을 내게 내밀었다. "이건 네가 가져." 크레파스였다. 햇빛 아래 그것은 무지개처럼 빛을 뿜고 있었다. 매일 아침 일부러 학교에 일찍 나와 칠판 가득 분필로 그림을 그려대던 나를 그 아이는 보고 있었던 것이다. 내 손에 전해진 그 운명의 선물 하나. 그것은 내 생애를 결정지은 것이 되었다. 정작 그날 학교를 찾아온 분이 누구인지는 기억나지 않지만.

길다의 손은 여전히 가볍게 떨리고 있었다. 길다는 그 옛날 학교 운동장에 서 있는 또 하나의 나였다. 자꾸만 눈물이 흘러내렸다. 나는 슬며시 길다의 손을 놓고 화장실로 가 대충 눈가를 씻고 나왔다. "장차 어떤 사람이 되고 싶니." 열 살짜리 소년은 수줍게 고개를 수그리며 말했다. "선생님이요." "그래, 길다 너는 참 좋은 선생님이 될 거야." 나는 그 작은 손을 꼬옥 쥐었다.

내가 그곳에 꼭 가야 했던 이유는 곧 밝혀졌다. 청년 교사 하나가 나를 새로 칠한 하얀 벽 앞으로 데리고 갔다. "여기가 바로 선생님이 그림 그리실 장소입니다." 벽화를 그리라는 말이었다. "이 산골 아이들은 평생 바다를 본 적 없답니다. 여기다 바다를 그려주시면 좋겠어요. 그려주실 거죠?" 그는 처음 물었어야 할 질문을 맨 나중에 하고 있었다. 그는 해맑은 표정으로 나를 바라보았고 나는 애매하게 미소지었다.

네팔에서 돌아왔을 때 친구 P는 물었다. 히말라야 설산의 도인을 만났느냐고. 나는 히말라야에 가서 현자를 만나지는 못했다. 그러나 분명 그곳에서 누군가를 만나기는 했다. 그것은 까맣게 잊고 있던, 하지만 결코 잊어서는 안 될 내 유년의 애달프고도 소중한 얼굴이었다.

슈발베, 작은 새

슈발베. 1989년 7월 2일 파리에서 베를린까지 가는 비행기의 내 옆자리에 앉아 동행한 다섯 살배기 꼬마 이름이다. 그 꼬마는 파리에서 베를린으로 입양되어 가는 고아였는데, 목에다 밧줄로 입양되어 가는 쪽의 주소가 적힌 커다란 항공 티켓을 걸고 있었다. 꼬마는 영어를 한마디도 몰랐고 나는 독일어를 못 했기 때문에 둘은 할 수 없이 손짓 발짓으로 얘기할 수밖에 없었다. 나는 그 애의 이름표에서 '슈발베'라는 이름과 다섯 살 나이, 그리고 행선지를 알 수 있었을 뿐이다.

　처음 내 옆자리에 앉아서 긴장한 듯 슈발베는 한동안 말이 없었다. 기내식이 나와도 요구르트를 혀로 조금 핥았을 뿐 도무지 먹으려 하지 않았다. 그런데 에어프랑스의 노련한 여승무원이 아이에게 다가와 뽀뽀를 해주고 나서 조그마한 장난감과 캔디를 주고 가자 그는 금방 아이다운 천진성을 회복하고 장난꾸러기가 되어가기 시작했다. 그는 눈치를 봐가면서 나에게 장난을 걸기 시작했다. 내가 응해주었더니 깔깔거리며 좋아했다. 급기야 피곤해서 잠을 청하는데 막무가내로 내 귀를 후비거나 꼬집어서 눈을 부릅뜨거나 쥐어박는 시늉을 해야만 얌전해지곤 했다.

베를린까지 오도록 아이는 무사태평으로 혼자 자동차를 가지고 놀거나 알아들을 수 없는 노래를 흥얼거리다가 내 감은 눈꺼풀을 만지작거리거나 내 손을 들어 제 가슴에 대거나 했다. 잠결에 내 손이 아이의 가슴에 대어졌을 때 아주 엷은 심장의 박동과 따뜻한 체온이 느껴졌다. 연약한 짐승처럼 무구한 어린 생명체의 심장은 따뜻하고 여리게 뛰고 있었다. 나는 왈칵 부성父性을 느꼈다. 그는 서울에 두고 온 내 아이와 같은 나이였다.

베를린에 거의 다 왔을 때 보니 아이는 새처럼 웅크린 채 잠들어

있었다. 아직도 오래오래 보호가 필요하고 어른에 의해 지켜져야
할 여리디여린 생명이 이제부터 떠내려가야 할 세상의 거친 파도가
생각났다. "안녕, 슈발베" 하고 귓속에 속삭이자 잠에 빠진 꼬마는
고개를 끄덕였다.

　꼬마와 헤어져 돌아오면서 나는 조금 전 아이에게 화를 냈던 사
실이 후회스러웠다. 길 잃은 작은 새 한 마리가 잠시 내 품 안에 깃
들었는데 제대로 보살펴주지 못했다고 생각하니 그 작고 연약한 아
이가 한없이 안쓰러워졌다. 여행 중 내내 아이의 그 무구한 모습이
내 머리에서 지워지지 않았다.

어찌 된 건가요, 야나기 씨

도쿄에 가면 르 코르뷔지에의 작품으로 남겨진 우에노의 미술관을 비롯해 수많은 미술관, 박물관을 들러보게 된다. 일본 전역에 걸쳐 무려 만 개가 넘는 미술관, 박물관이 있기에 자국의 미술은 물론 중국이나 한국 같은 인접 국가의 미술품이나 서양의 근현대 미술품들을 담아낼 수 있었을 것이다. 예를 들면, 멀리 시코쿠의 한 소도시에 있는 오하라 미술관만 하더라도 세계적으로 손꼽힐 만큼 서양 근현대 미술을 다량 보유하고 있다. 일찍부터 일본인들이 누렸을 그 안복 眼福이 부럽기만 하다. 내가 빠뜨리지 않고 가는 곳에 도쿄 메구로에 있는 일본민예관이다. 한적한 주택가에 자리 잡은 민예관은 '민예' 미술의 으뜸가는 전문가 야나기 무네요시의 생가가 지척에 있

193

어서 그가 떠난 지 오랜 세월이 지났지만 아직도 그 마음과 혼이 그가 세운 그곳에 고스란히 서려 있는 느낌이다. 야나기는 조선의 식민시대에 거의 최초로 조선 미술의 아름다움과 우수성을 발견하여 글로 상찬했던 사람이다. 아직 조선인에 의한 자생적 미술사가 싹트기 전에 그는 뛰어난 심미안을 가지고 조선 미술, 특히 관학파적 궁중 미술보다는 민예 미술 쪽의 아름다움을 경탄하며 바라보았다. 그는 이름 없는 장인匠人들의 손에서 빚어져 나온 도자기며 목각木刻, 그림 등을 애정의 눈길로 바라보고 직접 수집하기까지 했다.

1904년에는 〈공예〉라는 잡지를 통해 한국의 이름 없는 장인이 그린 까치, 호랑이 민화가 일본의 국보급 미술품을 능가할 만큼 우수하다는 글을 남겨 센세이션을 일으키기도 했다. 직접 〈백화白華〉라는 잡지를 부정기적으로 발행하며 중국이나 조선 미술을 소개하기도 했고, 서구의 예술 관련 저작물들을 번역 소개하는가 하면, 직접 삽화를 그리기도 했을 만치 다재다능한 사람이기도 했다.

그는 특히 고졸古拙하고 담백하며 단아한 조선 미술품에 깊이 매료되어 조선 미술에 대한 전문적인 저술을 남기기도 했다. 그리고 조선 미술은 중앙으로부터 멀어지는 하삼도下三道, 즉 충청·경상·전라 지역으로 갈수록 민족적 천분天分이 우러나오는 조선미를 느끼게 한다며 직접 민화, 민각처럼 민예 미술의 장르에 이름을 붙이기도 했다. 이러한 선구적 조선미에 대한 자각과 수집으로 인해 중국 미술과 함께 조선 미술 수집 붐이 일어 수많은 민화며 공예품들이 일본으로 건너가게 되었다.

이와 더불어 생각나는 것이 있다. 1989년 여름으로 기억되는데, 나는 베를린의 시립 미술관 중 한 곳에서 '한국 미술에 나타난 자연주의, 고구려 벽화에서 조선 민화까지'라는 주제로 거칠게나마 한국 미술 통사通史를 흘러내리는 강의를 한 적이 있다. 그런데 미술관 후원에 가득 모인 청중 중에 머리가 허연 한 분이 손을 들더니 자신은 일본 고단샤에서 나온 《이조의 민화》라는 화집을 가지고 있다며, 지금 방금 보여준 것은 한국의 미술이 아니라 일본의 미술 아니냐고 의문을 제기했다. 그분은 '이조李朝'라는 말을 에도나 가마쿠라

처럼 일본의 한 세기世紀로 이해하고 있었다. 참 난감했지만 나름 대로 장황하게 설명했는데, 그분이 잘 이해했을지는 모를 일이다.

어쨌거나 그때 느낀 착잡함이나 당혹감을 나는 메구로의 일본민 예관에 갈 때마다 똑같이 느끼곤 한다. 조선 시대 미술품은 물론 에 도 시대 미술품 등과 전시실을 달리하고 있지만, 과연 관람객의 몇 프로가 조선이 오늘날의 코리아라고 인식할 수 있을까 회의하게 된 다. 더불어 수많은 한국의 미술학자나 평론가들이 왜 한 번도 이 문 제를 거론하지 않았는지 아쉽기만 하다.

조선의 이름 없는 도공이 조선의 햇살과 물과 바람으로 빚은 찻 그릇. 작은 쇠망치를 수천 번 두들겨 만든 놋그릇, 그리고 조선 산 천의 나무를 베어 만든 목기와 제기들. 묵묵히 시간을 이겨낸 그 민 예품들을 실로 야나기만큼 깊이 응시하고 공감한 이도 드물다. 그 의 수집품들은 지금 봐도 옛 장인들의 숨결과 미세한 혼의 울림이 소매 끝을 잡아끄는 듯하고 하나같이 우수하다. 조선을 사랑했던 한 눈썰미 좋은 일본인이 그 빼어난 안목으로 모아 자신의 동네 메구로로 옮겨온 이 물건들은, 그러나 어딘지 맞지 않은 옷을 입은 듯이 보인다. 마치 억지로 창씨개명 당한 식민지 백성처럼 '일본민예관'이라는 간판 달린 집에 백 년 가까이나 갇혀 있는 형국이다.

전술했듯이 일본민예관이라는 간판 속에는 에도 미술실, 조선미술실 하는 식으로 전시물들이 분리되어 있다. 비록 조선의 미술에 '비애의 미술', '선의 미술'이라는 감상적인 평을 남기긴 했지만 《조선과 그 예술》이라는 책을 냈을 만큼 일관된 정과 경념敬念을 보였던 이가 직접 이렇게 전시실을 꾸몄을까? 고개가 갸웃해지는 대목이다.

조선 미학이라고 부를 만한 것의 첫 주춧돌을 놓다시피 하고, 총독부의 광화문 철거 계획에 반대 운동을 펴고, 그 서슬 퍼런 시절에 경복궁 집경당에 '조선민족'이라는 이름의 미술관을 세운 이가 바로 야나기다. 그리하여 대한민국 정부로부터 문화훈장까지 받았다.

그런 그가 왜 '일본'이라는 이름 속에 '조선' 장인들의 작품들을 슬며시 집어넣었던 것일까. 설마 그가 직접 그렇게 했을까 싶다. 우리 입장에서 보았을 때 그것은 거의 강도 짓과 다름 없는 일이기 때문이다. 그의 사후 누군가에 의해 일본민예관이라는 간판이 내걸리고, 그 아래 조선을 넣은 것이 아닐까 싶다. 누군가 혹 조선 명인들의 솜씨가 탐나서 도저히 따라잡을 수 없는 그 빛나는 작업들을 일본 속에 편입시키고 싶어 그렇게 한 것일까. 왜 '야나기 기념관'이나 '야나기 소장 박물관'이라 하지 않고 굳이 '일본민예관'이라고 한 것일까.

삼십 년 전 처음 이곳에 왔을 때 받은 그 당혹과 민망, 난감함과 쓸쓸함은 세월이 가도 그대로다. 아직도 이곳은 일제 강점기의 한가운데인 듯 조선 장인들의 혼이 볼모로 잡혀 있다. 이방인처럼 들러보고 나갈 때마다 터벅터벅 긴 메구로의 골목을 빠져나오는 내 구두 소리는 무겁기만 하다.

먼 훗날 일본의 후손이, 그리고 내 나라의 후손들마저 이곳에 와서 '조선'이라는 이름을 '나라'나 '헤이안' 혹은 '에도'처럼 일본의 지나간 시대의 한 이름으로 안다면 그건 얼마나 끔찍한 일인가. 이

박물관이 세워진 지 한 세기에 가깝건만 그동안 왜 누구도 이건 이렇고 저건 저렇다 말하지 않았을까? 야나기가 철거를 반대했던 광화문 앞에서 한껏 소음과 분노의 목청을 돋우는 것보다 더 무서운 것은 한 서린 조선 도공이 불길로 구워 만든 우리네 분청 그릇이 일본민예관에 그대로 있다는 것이다. 그리고 그 시간과 세월을 지나온 명품들이 우리 곁을 떠나 그들의 땅, 그들의 건물 속에 일본의 미술로 숨 쉬고 있다는 점이다.

이제는 열어다오. 나를 데불고 가다오. 일본민예관을 나서는데 귓가에 흐느낌 같은 소리가 잡아당기는 듯하여 가다 말고 저만큼 돌아서서 뒤돌아보게 된다. 국경 저편에 사랑하는 사람을 두고 이별하는 것처럼 그렇게 오래도록 일본민예관 간판 쪽을 바라게 되는 것이다.

하늘은 나의 땅, 사하라의 사막 생텍쥐페리

"육肉은 지상에 한 줌 흙으로 남고, 그 흙집을 빠져나간 영靈은 하늘로 간다." 내 나이 열네댓 살 무렵, 사람이 죽으면 어떻게 되느냐고 했을 때 낡은 성경을 가리키며 돌아온 어머니의 대답. 쾅쾅, 흔들림이 없었다.

여기 보아라. 위엣것을 생각하고 아랫것은 당최 생각지도 말라고까지 하시지 않았느냐. 그런데……. 돋보기를 밀어 올리며 언짢은 시선과 함께 들려오는 소리. 너는 도대체 예배는 빠지고 밤낮없이 어딜 그렇게 쏘다니는 것이냐. 땅에서 얻을 게 뭐 있다고. 그리고 긴 한숨. 아무래도 하나님이 겸손을 가르치시려고 너를 내게 주셨나 보다. 자식들이 성경 바깥으로는 한 치도 나가지 못하도록 했

202

던 내 어머니는 '랍비' 같았다.

폐일언蔽一言하고, 그때 반항적 문학소년의 머릿속을 스친 엉뚱한 생각 하나. 《야간비행》과《어린 왕자》의 앙투안 드 생텍쥐페리. 하늘에서 살다 땅으로 내려와 죽지 않았는가? 그랬다. 비행사 생텍쥐페리는 지상보다는 창공의 삶을 산 하늘의 사람이었다. 물론 곡예사도 공중에 떠 있지만 잠시 머물다 땅으로 내려온다. 그러나 비행사는 더 높은 곳에 더 오래 머문다. 특히 그는 낡은 수송기와 정찰기로 대륙을 넘나드는 야간비행을 자주 했다. 그런 그에게는 때로 하늘이 더 견고한 땅이었을 수도 있겠다.

생텍쥐페리. 그러니 사십 년 남짓 하는 짧은 시간을 살았다고는 하지만 하늘에 머물렀던 그의 시간을 땅의 계산법만으로 측정하기는 어렵지 않을까. 어쩌면 그가 한밤중 홀로 사막 위를 떠갔던 깜깜한 시간은 지상의 셈법으로는 잴 수 없는 "시간 밖의 또 다른 시간"일 수도 있겠다. 그래서 《어린 왕자》의 아이는 기실 아이가 아니라 노자의 《도덕경》이나 장자의 《장자》 속 화자話者만큼이나 헤아리기 어려울 만큼 나이를 먹었다 할 수도 있으리라.

어쨌거나 《야간비행》이나 《어린 왕자》는 하늘의 기록이자 땅의 서사다. 특히 《야간비행》은 내게 《모비딕》만큼이나 경이로운 책이었다. 일본 작가 마루야마 겐지는 《모비딕》을 읽고 일본의 사私소설적 세계와는 확연히 다른 그 규모에 압도되어 소설가가 되기로 결심했다는데, 나 또한 《야간비행》을 읽으며 문학의 시야가 땅에서부터 하늘까지 확대되는 것을 느꼈다.

그때까지 읽은 거의 모든 문학 작품은 실로 땅의 이야기였다. 가끔씩 하늘로 상승하는 듯싶다가도 땅으로 곤두박질치는 이야기들. 남과 여, 사랑과 이별, 한숨과 비탄의 쳇바퀴를 뱅뱅 도는 것들. 아니면 지상을 너무 멀리 떠나버린 신들의 이야기였거나. 하늘에 떠서 땅을 기록한다는 것은 그래서 읽는 이의 상상력 스펙트럼까지 뒤집는 것이기도 했다.

하지만 하늘의 작가 생텍쥐페리의 서사는, 그 집필 순서에 관계없이 《인간의 대지》에서부터 출발해 이동해 갔다. 처음부터 서늘하게 하늘을 떠다닌 것이 아니었다는 이야기다. 극한적 전투 상황에서 낡은 비행기로 위태하게 프랑스 상공에서 출발해 서북 아프리카까지 오가야 했으므로 낭만적 야간비행과도 거리가 멀었다. 주로 밤에 비행했던 것은 최대한 적병에게 발견되지 않기 위해서였을 것이다.

그런데 내가 불현듯 《야간비행》이나 《어린 왕자》를 '아!' 싶게 지척의 이미지로 떠올리기는 수년 전 사하라 여행의 한 캠프에서였다. 와르르 쏟아질 듯한 그 별들의 밤에 별과 별 사이를 떠가는 밤의 비행이라니. 내가 바라보는 바로 저 지점을 언젠가 그도 지나갔을지 모른다는 생각에 가슴이 두근거렸다.

나는 해 지는 풍경이 좋아, 우리 해 지는 거 구경하러 가자.

아침에 몸단장을 하고 나면 별의 몸단장을 해주어야 해.

마음으로 보아야만 분명하게 볼 수 있어 정말 중요한 것은 눈에 보이지 않는 법이거든.

생텍쥐페리, 《어린 왕자》 중에서

저 깜깜한, 그러면서도 황홀한 밤을 홀로 떠가면서 그는 실제로 먼 별에서 온 어린 왕자가 되어 그렇게 중얼거렸을지도 모른다는 생각이 들었던 것이다. 흔히들 사람들은 《어린 왕자》를 어른을 위한 동화라고들 부른다. 하지만 어른과 아이의 진정한 차이란 무엇일까. 세상의 모든 아이는 키가 자라듯 생각도 자라고 성숙해져서 '어른'에 이르는 걸까. 그 얄팍한 책이 그토록 많이 읽힌 것은 도대체 무엇 때문일까. 말할 것도 없이 아이만이 가질 수 있는 생각과 시선의 소환 때문이었을 것이다. 우리 모두에게는 '아이'를 떠나왔지만 동시에 그리워하는 '어른아이'가 있기 때문이다.

그런데 비행사 생텍쥐페리는 생각의 감옥을 만드는 고정관념을

뒤집는 일이 어떻게 가능했을까. 그는 비행하는 동안 하늘의 한쪽에서 떠오르는 다른 해를 볼 수 있었을 것이다. 지구의 어느 한쪽에서 보았을 때 떠오르는 그 해는 반대쪽에서는 지는 해였을 것. 하늘에서 보는 밤, 낮, 아침의 의미는 따라서 고정되어 있지 않거나 뒤집힐 수 있다. 지상에서 움켜쥐거나 열망했던 것들도 하늘에 떠서 보았을 때는 하찮게 보이거나 덧없게 보일 수도 있었을 것이다. 예컨대 시각과 시야의 변이가 자연스럽게 사고의 변용을 불러온 것이 아니었을까. 사람들을 열광하게 한 《어린 왕자》의 초월적이고 명상적인 상상력은 사실 시야 혹은 시점 이동에 따라 일어난 자연스러운 생각의 전복일 수도 있었으리라.

내가 머물렀던 사하라의 별 밤을 해 뜨기 기다려 출발하면 오후에는 튀니지의 수도 튀니스에 닿게 된다. 지난밤의 그 와르르 쏟아질 듯한 별 밤은 환하고 시끌벅적한 도회에서는 환몽幻夢처럼 된다. 석양에 파리를 떠났던 고독한 밤의 여행자는 역시 먼 비행 끝에 북아프리카의 튀니스에 와서야 해 뜨는 땅을 밟았을 것이다. 그 튀니스의 오르막길 끝에는 오래된 문인 카페 데나트(프랑스어로 돗자리라는 뜻)가 있다. 이슬람식 작은 창으로 바다가 펼쳐지는 전망이 참으로 아름다운 곳이다.

프랑스 식민지였던 튀니지의 그 오래된 카페에는 프랑스 지식인과 예술가들의 발길이 잦았다. 작가 앙드레 지드, 화가 파울 클레의 빛바랜 사진이 붙어 있는 그곳에 생텍쥐페리도 자주 왔다고 한다. 그곳 창가에 앉아 그는 둥근 지구와 수평의 지구에 대해 함께 생각해보았을까. 보아뱀이 모자로 보이듯, 비행을 마치고 그곳에 왔던 그로서는 바다가 하늘이 될 수도 있었을 것이고말고.

그러나 뭐니 뭐니 해도 서양 경전 같은 《어린왕자》를 가장 잘 읽기 위해서는 홀로 밤의 비행기에서 창밖을 보거나 사하라에 가서 고개를 한껏 젖혀 밤하늘의 별 밤을 볼 일이다.

생텍쥐페리

"용기가 없다면 단 한 번의 이착륙도 해낼 수 없다."

생텍쥐페리의 《야간비행》 서문에 소설가 앙드레 지드가 썼다는 문장이다. 그런 면에서 생텍쥐페리는 노후한 공군 수송기와 정찰기로 지중해를 왕래한 용기 있는 비행사였던 셈이다.

앙투안 마리 장 밥티스트 로저 드 생텍쥐페리. 이름이 문장처럼 보일 만큼 긴 그는 소설가이자 공군 장교로, 문학적 성취와는 달리 북서 아프리카와 남대서양, 남아메리카 항공로 개척자 중 하나였고 야간비행의 선구자였다. 그 공로로 사후 프랑스 국가 훈장도 받았다. 신비하고 드라마틱한 삶을 살았던 그는 밤의 비행 기록 일지 혹은 몽상이라 할 수 있는 《야간비행》과 《어린 왕자》로 불멸의 작가가 되었다. 《남방우편기》, 《인간의 대지》, 《아리스로의 비행》《비행사》 같은 비행과 관련된 자전적 문학 작품을 많이 남겼다. 특히 《야간비행》과 《어린 왕자》는 별도의 어록들이 편집될 만큼 사후 대중적 인기를 누렸다.

마흔네 살이던 1944년 여름, 북아프리카 알제리의 한 기지에서 정찰 비행기를 타고 프랑스 본토로 떠난 후 실종되었는데, 귀로 중 독일 전투기에 격추, 사망한 것으로 추정된다. 그의 행방불명에 대해 여러 추측이 난무했으나, 2004년 노르망디 가까운 해저에서 그의 비행기 기체가 발견됨으로써 최종적으로 위와 같은 결론에 도달하게 됐다.

러시아의 벗에게

알렉스, 당신의 그 선한 눈매를 잊을 수 없습니다. 지난해 가을, 우크라이나에 체류하는 동안 당신이 보여준 그 따뜻한 우의友誼를 내가 어떻게 잊을 수 있겠습니까. 이제 당신의 흔적이라고는 키예프의 거리 모습을 그린 당신의 동판화뿐입니다. 죄스럽게도 나는 당신을 만나기 전까지만 해도 러시아 쪽 사람 하면 어쩐지 무섭고 싫기만 했습니다. 잔인하고 무뚝뚝한 인간들일 거라고 지레짐작하고 있었지요. 전쟁을 좋아하고 여차하면 남의 나라 여객기까지 쏘아버리는 그런 인간들일 것이라고 말입니다.

아니, '어쩐지'라는 말은 정직하지 않습니다. 나는 초등학생 적부터 이 나이에 이르기까지 반공 교육 하나만은 철저하게 받았으니까요. 이데올로기에 따라 호의와 적대를 정확하게 선택하는데 길들여져 있었지요. 특히 여행국이 바뀔 때마다 호의와 적대의 카드를 빼드는 내 솜씨는 너무도 기민해 눈부실 정도였으니까요. 나는 당신을 만나기 전까지는 내 몸 곳곳에 경계심, 그리고 긴장을 준비해 갔습니다. 정말 그랬습니다.

내가 당신의 나라를 방문했을 때는 노회 老獪한 공산주의가 거친 숨을 내쉬고 있었지요. 그러나 당신을 처음 본 순간, 나는 온몸의 긴장과 경계심이 비늘처럼 떨어져 나가는 것을 느꼈습니다. 이데올로기의 철갑옷이 당신과 나, 이 두 사람의 예술가에게는 전혀 무용 無用한 것이라는 사실을 비로소 알았지요.

가가린 스퀘어 앞이었던가요. 내가 계단에 걸려 넘어졌지요. 저만치 앞서가던 일행들 속에서 당신이 뒤를 돌아보더니 황망히 다가와 손을 내밀어 나를 일으켰습니다. 쉰 살 넘은 남자의 길고 까칠한 손을 타고 따스한 온기가 내게 전해졌지요. 짧은 순간 우리가 함께 웃으며 서로의 눈을 바라보았던 것, 당신은 아마 기억하지 못하겠지요. 당신의 그 선의와 진실에 넘치는 고즈넉한 눈매는 지금 차라리 내게 슬픔처럼 다가옵니다. 그 짧은 순간 서로 다른 이데올로기를 넘어서게 한 것. 그것이 저는 두 사람의 예술혼이었다고 믿고 있습니다.

당신의 허전한 등 뒤에서 앓고 있는 짐승처럼 지금 당신의 조국이 누워 있습니다. 그대의 조국이 무너지는 굉음이 연일 이곳에까지 들려오고 있답니다. 나는 그 무너짐이 새로운 창조를 위한 진통이기를 바랄 뿐입니다.

우리가 악수하고 돌아섰을 때, 낡고 빛바랜 양복 차림으로 커다란 회양목 아래 언제까지나 서 있던 당신의 모습이 떠오릅니다. "정치는 일시적으로 힘이 세지만 예술은 오래오래 강하지요……." 당신이 들려준 그 말에 새삼 고개를 끄덕입니다. 그렇습니다. 정치나 이데올로기는 저희끼리 속절없지만 예술은 영원합니다. 안녕히 계세요, 알렉스 미하일로비치.

김병기, 파리, 뉴욕, 서울의 화가

파리는 초록과 회색, 그리고 갈색이 조화된 도시다. 중세풍 회색 건물은 다소 무겁고 칙칙해 보이지만 4월이면 초록 잔디가 잘 가꾸어져 거리가 산뜻하다. 1996년 봄, 파리에 개인전 때문에 갔다가 보브르라는 작은 호텔에 머물렀다. 호텔의 여자 종업원이 아마 당신 친구일지도 모르는 사람이 오늘 도착했다고 말했다. 누구냐고 했더니 '무슈 킴Kim'이라고 당신과 이름이 같으니 친구 아니냐며 웃었다. 그분은 바로 김병기 선생님이셨다. 뉴욕에서 파리로 오시는 도중 비행기에서 팔십 세 생신을 맞으셨다 했다.

　나는 수년 전 《서울대 미대 45년사》라는 미술대학 역사를 기술한 책을 쓴 바 있는데, 이 책의 집필 때문에 자료를 모으다가 자주 김병기 선생님에 대한 사료를 발견하곤 했다. 선생님은 도쿄 유학을 마치고 돌아와 초창기 서울대 미대에서 강의하셨는데, 선생님의 '예술론' 강의를 많은 사람이 참으로 명강의였다고 기억한다.

김 선생님은 진정한 의미에서 한국 최초의 추상화가이고 평론가였으며 이론가였다. 미술협회 이사를 역임하기도 했던 김 선생님이 돌연 서울 화단을 떠나버린 것은 1963년 4월경이다. 상파울루 비엔날레 한국 대표로 참가하신 후 뉴욕 근처의 새러토가라는 한적한 마을로 잠적해버리신 것이다.

이후 이십 년이 훨씬 지나 우연히 캐나다를 여행하던 길에 한 미술평론가가 새러토가의 한인 화가 얘길 듣고 선생님을 찾아갔다. 눈이 많이 내린 날이었다. 김 선생님이 화단의 중심에서 증발하신 후 실로 이십몇 년 만에 뉴욕에서 뵌 그 평론가는 그 밤에 서울의 가나화랑 이호재 사장에게 전화를 걸었다. 드디어 선생님의 개인전이 시작된 날 밤, 나는 한국 음식점과 호텔의 식당, 화랑 등에서 뵐 때마다 선생님에게 많은 말씀을 들을 수 있었다. 선생님의 그 해박

함과 명쾌한 논리, 비상한 기억력은 혀를 내두를 정도였다. 더구나 날카로운 안목과 비평적 혜안, 단순 명쾌한 언어와 젠틀한 태도 등 어디 한구석 허술한 곳이 없으셨다. 그러면서도 따뜻한 분이었다. 국제 시민적 태도가 몸에 밴 한국 신사 김병기 선생님과 파리에서의 해후는 짧게 끝났다. 그러나 선생님에게서 느낀 그 육친肉親과도 같은 정은 오래 남아 있다.

그 김병기 선생님이 이제 106세가 되셨다. 그만큼 사신 분을 만나기도 어려운데 늘 작업을 하고 계신다. 내년에도 개인전이 잡혀 있다 하셨다. 내가 정말 대단하다고 했더니 "병종 씨도 그럴 거예요. 우린 친한 데다가 이름도 비슷하잖아" 하신다. 부디 그 덕담의 말씀이 내게도 이루어지기를. 그리고 그 덕담을 하신 분과 얼마 뒤 선생님의 부음을 듣게 되었다. 빈소를 찾았더니 노老 따님께서 내 손을 잡고 반가워하셨다. 아버지가 김 선생님 얘기를 참 많이 하셨어요, 라며. 영정 속 선생님이 자애롭게 미소 짓고 계셨다.

지하에서 우는 사람?

어느 날 전화벨 소리가 울려 받으니 한 낯선 여인의 목소리가 흘러 나왔다.

"아버님께서…… 지하실에서…… 울고……."

분명히 목소리는 어른인데 마치 다섯 살짜리 아이처럼 말을 더듬거렸다. 나는 "여보세요, 어디 전화하셨나요?" 하고 되물었지만 수화기 속 목소리는 여전히 더듬거리며 "아버지께서…… 지하실에서…… 울고……"라고 했다. 나는 퍼뜩 '한 노인이 아파트 지하에 갇혀 있으니 열쇠로 좀 열어달라는, 아파트 경비실에 거는 전화가 잘못 걸려온 거로구나' 하고 생각했다. 그래서 "경비실로 해보시죠. 전화를 잘못 거신 것 같은데"라고 했는데 수화기 속 목소리가 갑자

기 "김병용 선생님, 윤이상 선생님을 아시죠?"라는 것이었다. 어리
둥절해 있는 내게 그녀는 더듬거리며 길게 말했다.

사연인즉 이랬다. 나는 베를린에 사는 음악가 윤이상의 딸 윤정
이다. 오늘 아침 당신이 신문에 쓴 〈화첩기행〉 '윤이상과 베를린'
편을 읽었다. 읽고 나서 울었다. 아마 지하에서나마 나의 아버지 윤
이상도 울었을 것이다……. 그녀는 백방으로 알아봐 이제야 연락이
닿았다며, 한국어가 서툴러 제대로 의사 표현을 하지 못한 점들을
사과하고 5월 말에 아버지의 〈심청〉 공연 때 와서 꼭 만나기를 원
한다고 말했다. 이야기 끝에 그녀는 다시 한 번 지하에서나마 아버
지가 감격하여 우셨을 거라며 몇 번이나 감사하다는 인사를 했다.

윤이상 선생의 음악적 위대성은 많이 알려져 있다. 그러나 그분
의 조국을 향한 사랑과 인간적 면모들, 조국을 사랑했기 때문에 받
았던 고통의 세월들에 대해서 일반 사람들은 그저 짐작만 할 뿐이
다. 베를린 국제윤이상음악재단과 윤이상 선생의 묘소며 생가를 돌
아보고, 특히 볼프강 슈파러 박사 등 생전 지인知人들의 증언을 들

으며 나는 그분이 인격적으로 얼마나 따뜻하고 아름다운 분이었는 가를 알 수 있었다. 도저히 일부러 그랬으리라고밖에는 생각할 수 없을 정도로 그분의 베를린 집 주변 지형과 풍광마저도 고향인 통영과 닮아 있었다. 그러나 그분은 그토록 그리워하던 고향에 끝내 돌아오지 못한 채 베를린 교외의 한 공동묘지에 묻히고 말았다. 지인의 차로 찾아가보니 여느 유럽 묘원들과는 달리 퍽 춥고 쓸쓸해 보였다. 그분의 묘소가 따뜻하고 아늑한 통영 어디쯤에 있었다면 하는 마음이 간절했다.

이념의 차디찬 벽에 가로막혀 결국 살아서 돌아오지 못했던 그가 이제 음악으로나마 진정한 귀환을 이루게 되었다. 오페라 〈심청〉이 예술의 전당에서 한국 초연을 갖게 된 것이다. 선생은 아직도, 이번에야말로 지하에서 울까? 지금쯤 빙그레 웃을 것 같다.

시골 예술가 이야기

내 마음속에는 시간이 가도 지워지지 않는 한 예술가의 초상이 있다. 지워지기는커녕 더욱 또렷해진다. 내 어릴 적 친구 용운이의 자형이 그분이다. 용운이 자형이야말로 천생 예술가였다. 그이는 삼십 대 후반의 사내로 함양 쪽이라던가, 경상도 사투리를 썼다.

그는 상여를 꾸미는 처가에 얹혀살았는데, 상喪이 없어 한가할 때면 아이들에게 이것저것 만들어주기를 좋아했다. 나무를 깎아서 비둘기나 사슴 모양을 빼어나게 만드는가 하면, 상여 꽃 만드는 물감으로 그림을 썩 잘 그렸다. 보잘것없는 것도 그이의 손끝에서는 요술처럼 멋들어지게 피어나서 나는 학교에 다녀오면 용운이 자형 주변을 맴돌곤 했다.

그이는 기타도 잘 쳤고 풀잎으로 멋들어진 음악 소리를 내기도 했다. 투박한 나무가 점점 깎여 간드러진 목을 뺀 학이 된다거나 금 방 짖으며 달려들 것 같은 강아지 모양으로 변할 때는 그 화려한 재 주에 어린 나는 한숨을 짓곤 했다. 그의 작업하는 방에 가면 온갖 동물들은 물론 물동이를 이고 가는 아주머니, 손자를 업은 할머니 등이 실감 나게 만들어져 선반에 놓여 있었다.

언젠가 넋을 놓고 바라보는 내게 용운이 자형이 말했다. "재밌 나?" 내가 고개를 끄덕이자 그이는 뜻밖에 조소를 띤 얼굴로 "자석 아, 이기는 마 암것도 아닌기라" 하는 것이었다. 나는 그이가 자신 의 작업을 형편없이 비하해버리는 것에 놀라지 않을 수 없었다. "이 까짓건 마…… 암것도 아닌기라…… 심심해서 허는기지……." 그렇 게 말하면서 그는 쓸쓸한 얼굴이 되었다. "이기는 마…… 예술에 비 하면 암것도 아니라카이." 다시 강조하며 그이는 사뭇 비감에 잠기 는 목소리가 돼갔다.

어린 나이에도 나는 그이가 그 예술이라는 것을 몹시 하고 싶어

한다는 것을 어렴풋이 알 수 있었다. 내가 아마 예술이 뭔가고 물었던 것 같다. "예술이라 카는 건…… 예술이라 카는 건……." 나무를 깎던 손을 멈추고 그가 허공을 향해 지그시 눈을 감던 모습이 지금도 생생하다. 감은 눈이 파르르 떨렸다. "예술이라 카는 건…… 잘은 모르지만…… 엄청시리 어렵븐기다……." 범접 못 하게 높고 그윽하고 가슴 시린 그 어떤 대상을 우러르듯 그는 예술을 그렇게 설명했다.

그 후로 나는 생애의 토막토막마다 문득 예술은 엄청나게 어려운 것이라는 용운이 자형의 엄숙한 정의가 떠오르곤 했다. 특별히 작업이 쉽게 풀려 간다 싶을수록 예술은 엄청 어려운 것이라던 그의 말이 가로막아 서는 것을 여러 번 느꼈다.

동네에서 이사 가던 날 용운이 자형은 우리를 불러 선반 위의 조각품들을 선선히 다 나누어주었다. 오랜 시간 걸려 정성스레 만든 것들이었지만, 자기 생각에는 예술적 고뇌가 없는 것들이어서 그야말로 아무것도 아니라고 생각했던 것 같다. 그러나 나는 지금까지

그이처럼 '뛰어난 손'과 '철저한 손'을 가진 어떤 예술가도 만나보지 못했다. 그 진솔함마저도. 이것이 그이야말로 좋은 예술가가 될 수 있었다는 생각을 여태껏 버리지 못하는 이유다. 단지 우리 어렸을 땐, 더구나 그런 시골에선 예술가라는 것이 미처 직업이 아니었다. 어떻게 해야 그 길로 들어설 수 있는지도 몰랐기 때문에 도달할 길 없이 안타깝고 요원한 그 어떤 것이었을 뿐이다. 용운이 자형 같은 이는 예술에 대한 그리움만을 안고 여기저기 서성대고 기웃대며 그렇게 살아갔던 것이다.

나무에 예술의 결을 입히는 사람

"나무에 예술의 결을 입히는 사람." 이어령은 그를 이렇게 한 줄로 평했다. 나보고 평하란다 하면 "꿈을 현실의 지평 위에 옮겨놓는 사람"이라고 하고 싶다. 문화 불모 지대에서 그는 삼십 년 가까이 지역 합창단을 이끌고 역시 같은 세월 동안 지역의 미술 작품들을 사 모았다. 보통 뚝심이 아니다. 오늘날은 미술품이 돈이 되고 투자의 대상이 되어 시끌벅적하지만, 그는 그런 생각 일절 없이 지역 화가들을 후원한다는 일념으로 그림을 사 모으고 전시를 쫓아다녔다. 인천에서 삼 대째 목재업을 하고 있는 영림목재 이경호 회장 이야기다. 어린 시절 아버지 손잡고 황해도에서 내려온 이 디아스포라는 어쩌다 나무와 사랑에 빠졌다.

장난기 많은 소년처럼 동안인 그는 낮에는 바쁘고 밤에는 더 바쁘다. 낮 동안이야 회사 일로 바쁘겠지만 밤에는 왜 바쁜 것일까. 그는 소문난 애주가다. 미리 예약된 술 모임을 찾아다니느라 바쁜 것이다. 낮의 업무와 밤의 술 모임은 해가 떨어지면서 분명하게 나뉘어진다. 해지기 전까지 그는 분초를 나누어 쓰며 열심히 일하고 어스름 저녁이 되면 약속된 모임 장소로 나가는데, 거의 대부분의 술 약속은 본인이 제안하여 이루어진 것들이다. 그런데 이 저녁 모임에도 그는 낮의 업무처럼 소홀함이 없다. 별로 말이 없는 대신 상대편의 빈 잔을 빠짐없이 챙긴다. 모임이 아무리 길어져도 흐트러짐이 없다. 업무용 회의를 주재하듯 술 모임을 주도해간다. 이 애주가의 모토는 "오늘 마실 술을 내일로 미루지 말자"이다. 놀라운 것은 아무리 밤 늦게 귀가해도 평생 두 가지 원칙을 지킨다는 점이다. 아침을 거르지 않는다. 정시에 출근한다.

황해도 실향민으로 인천에 정착한 이 회장의 부친은 모두들 하역업 쪽으로 눈을 돌릴 때 나무에 명命을 걸기로 작정했다. 그렇게 시작된 목재업이 이제 이 회장과 그의 아들로 이어지며 삼 대째 계속되고 있다. 그는 전 세계 명품 목재들을 끌어모은 다음 유명 가구의 장인 교수들에게 자문해가며 '예술 가구'를 만들고 있다. 목재 가구 선진국인 일본의 대학으로 여러 번 연수를 가서 그곳 교수들과도 자주 워크숍을 하고 삼 대째 사장인 아들 역시 도쿄대학에 유학 보내 그 분야 석사까지 마치고 돌아오게 했다.

내 제2의 고향은 인천 예나 이제나 서울의 아시亞市를 못 벗어나고 있다. 옷 하나 그림 한 점을 사더라도 한사코 서울로 가려 한다. 가구인들 다르지 않다. 그런데 영림목재의 디자인 가구를 사기 위해서는 서울서들 내려온다. 한때 논현동에 매장을 가지고 있기도 했지만, 그이는 인천을 가구의 메카로 삼으려는 꿈을 가지고 있다. 영림목재는 얼마 전 목재 갤러리에 이어 순수 미술 전시장인 '영림 생명갤러리'를 오픈했다. 오랫동안 모아온 지역 작가의 작품은 물론 해외 유명 작가의 작품까지 전시하여 인천에 문화와 예술의 폭죽을 쏘아올렸다.

그를 아는 인천 사람들은 선후배 할 것 없이 그이를 좋아한다. 다만 밤 시간에 만나자면 겁을 내며 속으로 이크, 뛰자! 한다. 붙들리면 죽는다, 는 것을 알고 있기 때문이다.

그러나 코로나 상황이 계속되면서 이 천하의 애주가도 별수 없이 9시, 10시면 자리에서 일어나야 한다. 그런 면에서 나같이 술 못 마시는 사람은 코로나가 고마울 지경이다. 종업원의 통보를 받고 시무룩하게 자리에서 일어서는 그의 모습을 보면서 나는 속으로 쾌재를 지르곤 한다.

나는 인천의 문화를 지키고 후원해온 이 회장이 모쪼록 오래도록 그 자리를 지켰으면 한다. 이 아무개 그렇게 마셔대더니 기어코 떠났구나 소리를 듣지 않기 위해 일단 구십 세는 넘기겠다는 것이 그의 포부다. 오늘도 낮에 일하고 밤에 마시는 그의 주경야주는 계속된다. 좀 그만 마시면 안 되겠느냐고 했을 때 그는 무슨 비밀을 알려준다는 듯 말했다.

사실은 그리움을 마시는 거야.

나는 늘 사람이 그리워.

적게 소유하고 가볍게 산다, 알제리 스타일

알제리에서 내게 길 안내를 해준 이는 오십 대 중반의 남자 나자레였다. 그는 프랑스 유학을 하고 온 불문학 박사였는데, 불문학 외에 다른 박사 학위를 하나 더 갖고 있었다. 박사님이 웬 여행 가이드를? 싶었는데 얘기를 듣고 보니 외국에서 석박사를 주렁주렁 달고 알제리에 돌아왔지만 할 일이 마땅치 않았단다. 특히 본인이 그토록 원했던 대학교수 자리는 대부분 몇 개 국어를 줄줄 하는 젊은 훈남 훈녀들이 꿰차고 있었다고 했다. 그래서 나자레는 힘들게 얻은 가이드 자리를 몹시 소중히 하고 최선을 다했다.

내가 작가 알베르 카뮈의 행적을 좇으며, 그가 어린 시절을 보낸 알제의 옛 로마 유적지 티파사(알베르 카뮈의 묘비가 있는 곳) 등을 안내해줄 전문가를 구했을 때 나타난 사람이 나자레였다. 그는 모처럼 자신이 전공한 불문학 실력을 발휘하며 여행 안내를 할 생각에 잠까지 설쳤다고 했다.

우리는 처음 만나서 서로 형과 아우로 부르기로 했는데, 나보다 연하인 그는 정말 아우처럼 길을 안내해주는 내내 "브러더, 브러더"를 외치며 친근하게 대했다. 그러면서 하는 말이, 가이드 일을 한 지난 수년 동안 티파사 바닷가의 카뮈 묘비석으로 안내해달라는 사람은 처음이라고 했다. 그런 말을 하는 속내에는 사상 최연소로 노벨상을 받은 불세출의 소설가 카뮈가 알제리 사람들에게는 존경보다 냉소의 인물이 된 데 대한 아쉬움 같은 것이 묻어 있었다.

알제의 가난한 달동네에서 자란 카뮈는 성인이 된 다음에는 프랑스에 머물렀고, 특히 노벨상을 수상한 전후에는 거의 정신적 프랑스인으로 살다시피 했다. 알제리를 식민지배했던 프랑스 상류층과 어울리면서 사교계의 총아가 되기도 했다. 하지만 이것은 피상적인 모습일 뿐, 카뮈의 전기 등을 읽어보면 형편이 좋아진 뒤도 그는 가난했던 알제리 시절을 잊지 못했고, 여전히 가난한 알제리 사람들에게 한없는 연민을 지니고 있었다. 그런 얘기를 했더니 나자레는 고개를 끄덕였다. 그러면서 이렇게 말했다. 가난과 부는 서로 조금씩 좋은 점이 있고 불편한 점이 있다고. 영어가 유창한 그는 내가 알아듣기 쉽게 천천히 또박또박 그렇게 말했다. 내가 대단히 철학적인 말이라고 하자 그는 그게 사실 아니냐고 했다.

그는 카뮈처럼 알제리에서 자라 파리로 유학을 떠났다. 카뮈처럼 알제의 극빈자 동네 카스바에서 어린 시절을 보냈고, 역시 카뮈처럼 화려한 파리의 샹젤리제 거리를 걸었다. "내가 부자였던 적은 없지만"이라고 전제를 단 후 두 세계를 경험해보니 어떤 면에서는 부가 가난보다 훨씬 더 불편한 것 같더라고 했다. 그 점에서는 알제리 인민민주공화국의 국민다웠다. 그러면서 말했다. 부를 기쁨으로 바꾸지 못하는 한 그것은 아주 짐스럽고 불편하며 고통스럽기까지 하다고.

그때 나는 문득 석유 재벌 마빈 데이비스 이야기가 떠올랐다. 그의 대궐 같은 집은 모든 문이 비정상적으로 크고 넓다. 이유는 이백 킬로그램이 넘는 그의 몸을 통과시키기 위해서다. 그는 사람들의 부축을 받지 않고서는 문을 통과하는 것도, 자리에서 스스로 일어나는 것도 불가능했다. 물론 돌봐주는 사람 없이는 화장실도 출입하지 못했다. 마빈은 스테이크와 바닷가재, 캐비어 같은 음식을 끝도 없이 먹어댔는데, 그에 관해 저술한 존 로빈스는 그의 식탁에는 기쁨과 평화가 없고 오히려 고통스러워 보이기만 했다고 썼다. 이 세계적인 재벌의 식탁에선 압하지야나 훈자, 빌카밤바 같은 가난한 지역의 노인들이 누리는 식사의 즐거움과 여유를 찾아볼 수 없다는 것이다.

이야기하는 중간중간에 그는 내게 양해를 구한 후 누군가와 자주 웃고 떠들며 통화를 하곤 했다. 아내와 딸이라고 했다. 통화의 분위기로 보아 나자레는 두 여자에게 참으로 자상한 사람인 듯했다. 내년쯤, 우리 집이 생길 것 같아요. 바닷가에 나란히 앉았을 때 그가 눈을 반짝이며 말했다. 그때 초대하면 브러더도 올 수 있겠느냐고. 함께 지내다 보니 나자레의 모든 것이 훤히 다 보이는 듯했다. 그는 수

년을 쓴 듯 반들반들해진 낡은 손가방 안에 낡은 지도와 간단한 책자며 필기구와 전화기, 그리고 한두 가지 약을 지니고 있었는데 그의 살림살이는 그 손가방을 몇 배로 확대해놓은 정도일 듯싶었다.

그는 불문학 박사답게 자주 책을 읽거나 무얼 끄적이곤 했다. 한번은 이런 말을 했다. 돈을 조금밖에 못 벌긴 하지만 사실은 별로 쓸 일도 없다고. 속으로 와! 하는 감탄사가 나왔다. 어쩌면 그는 소유를 늘리려 하지 않는 자발적 가난을 실천하고 있는 듯이 보였다. 사실 이런 모습은 알제리 사람들에게서 일반적으로 느껴지는 삶의 태도 같은 것이기도 하다. 마른 바게트에 물 한 잔이 고작인 식사, 잘해야 양고기 몇 조각이 올라올 뿐인 그 가난한 식탁을 두고도 그들은 알라께 감사의 기도를 올린다.

그런 점에서 부를 팽창시키는 것이 미덕이요, 지고지선이라고 학습받아온 자본주의 사회에서 온 나로선 알제리 사람들의 삶의 방식이 경이롭게 보이기까지 했다. 어떤 면에서는 자본주의의 욕망을 이기거나 극복한, 훨씬 더 성숙한 사람들로도 비쳐졌다.

티파사를 떠나면서 나는 나자레의 손을 잡고 말했다. 나자레, 이제부터는 당신이 내 형이다.

의사도 부른다, 생명의 노래

문신용 교수가 처음 미국에서 시험관아기 시술에 성공했다는 소식
과 함께 귀국했을 때 공항은 각종 매체의 기자들과 인파로 북적였
다. 난임 부부에게 어둠 속의 빛을 던져주는 사건이어서 며칠 동안
이나 언론을 달궜던 기억이 새롭다. 오죽하면 내 조카사위 하나가
처음 산부인과 병원을 개업하고서 나를 찾아와 조심스럽게 이런 청
을 한 적이 있다. "문신용 교수님을 저희 병원에 한번 모실 수 있을
까요. '문신용 교수 본병원 내원'이라는 플래카드를 걸 수 있다면
병원 운영에 큰 도움이 될 것 같아요."

그만큼 산부인과 계통에서는 후학들이 떠받드는 최고의 의사라
는 얘기인 셈이다. 그러나 이 최고 의사는 한결같이 온화하고 따뜻

242

하다. 흔히 한 분야의 최고라는 이들이 갖는 권위주의나 차가운 느낌 같은 것이 없다. 이 점, 생명을 받아내는 데 평생을 헌신해온 분 답다.

그이는 어떤 어려운 상황에서도 얼굴에 온화한 미소를 잃지 않는 다. 나는 쌍둥이를 포함해 손자 셋을 문 교수를 통해 얻었다. 며늘 아기들이 아이를 가졌다는 소식과 함께 맨 먼저 떠오른 것이 문 교 수였다. 무조건 이 어른께 데려가자, 였다.

알고 보니 문 교수의 엠여성의원은 주로 불임 부부들을 위한 병 원으로, 일반 산부인과 병원이 아니었다. 바쁜 와중에도 문 교수는 예의 그 온화한 미소로 맞아주면서 내게 걱정하지 말라고, 곧 건강 하고 귀여운 손자들을 얻게 될 거라고 말로 토닥여주었다. 그야말 로 수많은 난제를 가지고 찾아오는 젊은 부부들에게 그이는 이렇게 따뜻한 언어와 함께 전력을 다해 생명의 문을 열어주었을 것이다. 물론 생명을 잉태케 하시는 이는 신이다. 그런데 그 생명의 씨가 모 태에서 자라 세상에 나오기까지는 난관이 많다는 것을 나는 나중에야 알게 되었다. 그런 면에서 문 교수는 생명의 문 옆에 서 있는 든 든한 창조주의 조력자인 셈이다.

나는 그이로부터 배우고 싶은 점이 있다. 언제 어떤 상황에서도 격조 높은 조크를 할 수 있는 그 여유와 순발력이다. 언젠가 내가 천재적인 의사 선생님이라고 했더니 즉흥에서 받았다. 아이고 그런 말씀 마세요. 천재란 천하게 재수 없는 사람이라는 것인데, 라고 해서 좌중을 즐겁게 했다. 젊은 나이에 스타가 되었을 때 왕따 당하지 않으셨냐고 물었을 때는 원래 왕은 따로 노니까요, 해서 모두를 파안破顏케 했다. 무엇보다 그이는 아기들을 사랑한다. 그리고 그이 자체가 늙지 않는 소년 같은 동안이다. 아기에게 생명의 문을 열어 주는 의사 문신용. 나는 겨우 붓으로 생명을 노래하지만 그이는 실제로 생명의 우렁찬 울음소리로 생명의 노래를 부르는 분이다.

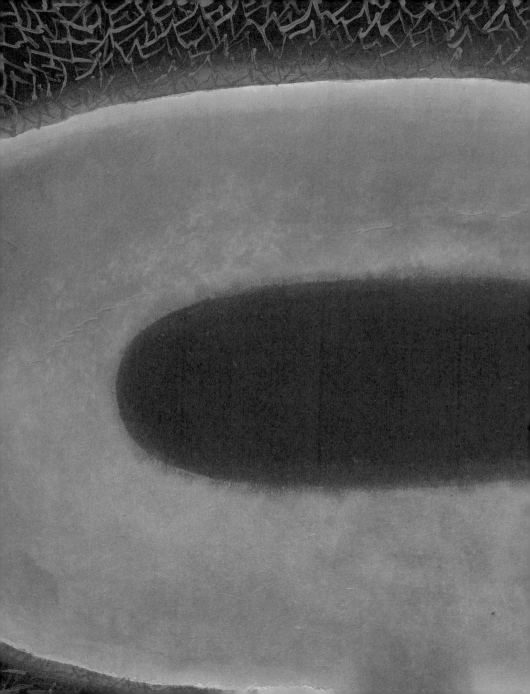

카페 뒤 마고의 사르트르와 시몬 드 보부아르

아버지는 내가 한 살 때 죽었다. 그는 가장 적당한 때에 죽어 주었다.

장 폴 사르트르가 그의 자전적 삶을 담아 쓴 《말》의 첫 구절이다. 어디선가 본 것 같은 문장 아닌가?

오늘 엄마가 죽었다. 아니, 어제인지도 모르겠다.

알베르 카뮈의 《이방인》의 첫 구절이다. 싸가지 없기는 둘이 도긴 개긴이다. 아버지와 어머니의 죽음에 대해 일상의 사물을 묘사하듯 아무런 감정도 없이 시작되는 이 두 작가의 문장 세계 속에는 장차 펼쳐질 세계와 자아의 대립이 예고되어 있다.

사르트르는 아버지의 죽음 이후 홀로 된 엄마 손에서 잠시 길러지다가 외할머니와 외할아버지 집에서 자라게 되는데, 아주 어렸을 때 엄청난 장서가藏書家였던 외할아버지의 서재에 들어갔다가 그만 길을 잃고 만다. 어쩌면 지식에의 감전感電과 미망迷妄이 이때 거의 동시에 이루어지지 않았을까 싶다.

외할아버지는 그를 귀족학교에 보내고 지극정성 보살피며 키웠지만 사르트르는《말》에서 그런 외할아버지에 대한 증오감을 여과 없이 드러낸다. 이유가 없는 것은 아니었던 듯하다. 그는 원래 사시斜視에 못생긴 용모의 소년이었지만 총명하여 어른들로부터 사랑을 받았다. 그러다가 열한 살이 되던 해 엄마의 재혼으로 파리를 떠나 낯선 지방으로 옮겨가게 되는데, 그는 옮겨간 학교에서 한 여자아이를 좋아하게 된다. 그 여자아이만 보면 가슴이 두근대곤 했는데, 어느 날 그의 곁을 지나갈 때 다른 아이들이 다 들을 수 있도록 여자아이는 큰소리로 "저 사팔뜨기 영감탱이 꼬락서니하고는……" 하고 놀려댄다. 그는 오랫동안 이 사건의 충격에서 벗어나지 못했다.

외할아버지 집에서는 그토록 고귀한 대접을 받았는데 이제는 왜 이런 수모를 받는가. 비로소 거울을 보며 자기가 심한 사시에다가 못생긴 얼굴이라는 것을 알게 된다. 외할아버지에 대한 분노와 적개심은, 일언반구 그이의 용모에 대한 이야기가 없었다는 데서 출발된다. 왜 본질은 실존적 상황에 따라 이토록 극과 극으로 바뀌는가. 저 위대한 실존주의의 첫 실마리는 이렇게 시작된다.

세상에 상처받지 않은 영혼이 어디 있으랴만, 상처라면 시몬 드 보부아르 또한 사르트르 못지않았다. 그녀가 쓴 《제2의 성》에 대해 일어난 비난과 저주의 화살들은 감당하기 어려운 것들이었다. 여성의 육체와 욕구, 성性과 일탈, 그리고 자의식에 실존주의적 메스를 들이대 분석해낸 이 책에 대해 세상은 그녀가 성적 욕구 불만족과 불감증에 호색가, 그리고 레즈비언이며 조르주 상드보다 더 사악한 여자라고 퍼부어댔다. 물론 바티칸 금서 목록에도 올랐다.

그녀는 남성 위주의 신화와 철학, 그리고 역사가 만들어낸 것들 중 결혼 제도를 으뜸으로 뽑았다. 사랑은 자유로워야 하는 것이며, 본능과 법과 제도의 감옥에 가둘 수 없다고 하면서 성의 해방을 주장했던 것이다. 한 발 더 나아가 그녀는 모성애라는 것도 '마조히스트적인 헌신'이라고 하였는데, 사실 그녀는 아이를 병적으로 싫어했고 잉태와 출산을 해본 적이 없었다. 당연히 엄마가 되어본 적도 없었다.

그들은 각자 다른 방향에서 걸어와 저 카페 뒤 마고에서 허다한 날들의 많은 시간을 보냈다. 그러고 보면 저곳이야말로 두 사람만의 견고한 사상의 진지였던 셈이다. "사랑하되 구속하지 않는다"는 결혼 계약서도 혹 저곳에서 작성되지 않았을까 싶다.

카페 뒤 마고의 노천 의자에 앉아 특별할 것도 없는 에스프레소 한 잔과 케이크 한 조각을 시킨다. 강한 햇빛 때문에 선글라스를 꺼내 쓰지 않을 수 없다. 실존은 본질에 우선한다는데, 파리하고도 생제르맹 데프레에서의 나의 실존은 어떤 모습일까.

프랑스의 카페 문화

프랑스는 유독 카페에서 문학과 예술, 그리고 사상의 담론이 자주 일어난다. 장 폴 사르트르와 시몬 드 보부아르는 물론 볼테르나 몽테스키외 같은 사상가들, 조르주 당통과 로베스피에르 같은 혁명가들, 파블로 피카소나 알베르토 자코메티 같은 화가와 조각가들 몰리에르나 알베르 카뮈, 오노레 드 발자크 같은 문인들이 자주 드나들면서 카페는 때로 새로운 문화 이데올로기와 진보적 지식인들의 처소가 되기도 했다. 이런 역사적 배경과 함께 카페는 식사며 가벼운 음주를 겸할 수 있어서 프랑스인의 일상과 떼어놓을 수 없는 장소가 되었다.

불의 전사, 피카소 미술관

런던의 한 명품 상가 거리를 걷다가 무심코 호위 무사처럼 기름기 자르르 흐르는 까만 양복의 키 큰 흑인이 지켜서 있는 한 갤러리의 문을 밀고 들어갔다. 실내는 포르셰 자동차 판매장을 방불할 정도로 화려하다. 늘씬한 미인들과 경호원인 듯싶은 다른 한 사내가 정중하게 맞아준다. 앙리 마티스, 조르주 브라크, 호안 미로, 바실리 칸딘스키……. 미술사의 페이지를 넘기듯 벽에는 화려한 이름의 작품들이 걸려 있다.

그중에 어린아이가 그린 듯한 공책 크기의 크레용 그림 두 점이 눈에 들어온다. 그림 아래쪽으로 아무래도 그림의 규모에 비해 너무 크다 싶은 거친 사인이 보인다. '피카소Picasso.' 마치, 나 피카소

MUSÉE
PicASSO

야, 어쩔래, 하고 덤비는 느낌이다. 그림은 대체로 유치찬란한데 이
상하게도 잡아끄는 힘이 있다. 십여 분 만에 해치운 듯, 거친 호흡
이 그대로 짙어진다. 세상의 모든 미술관에 내걸린 그림 중에는 압
도적으로 약간 못 그린 듯한 그림이 많다는 얘기를, 한 미술사가의

강연회에 갔다가 들은 적이 있다. 동서남북으로 휘저으며 미술관과 갤러리를 쏘다녔던 나로서는 고개가 끄덕여지는 대목이었다. 대상을 응시하되 자기 나름으로 허물고 비틀어서 약간 엉성하고 못 그린 듯한 그림이 된다는 것인데, 그런 그림에 더 마음이 가는 이유는 무엇일까. 그 미술사가의 말로는 보는 이로 하여금 해석하고 음미할 수 있는 여지를 주기 때문이라고 했다. 약간 상투적이기는 했지만 이 또한 수긍 가는 대목이었다.

너무 오래 그 함부로 그린 듯한 크레용 드로잉 앞에 있었던 까닭일까. AI 같은 여인이 서류를 옆에 끼고 와서 느린 영어로 또박또박 설명해준다. 아마 나를 돈 많은 중국인으로, 그리고 아는 이름은 피카소밖에 없는 사내로 짐작했던 듯하다. 가격을 물어보니 잠시 기다리라며 계산기를 두드리더니 가격을 말한다. 어림잡아 우리 돈 팔천만 원쯤 되는 액수였다. 그런데 여인이 실수라며 가격을 정정해준다. 머릿속으로 다시 계산해보니 팔천이 아닌 팔억이었다.

253

돌아서는 내게 여인은 활짝 웃으며 명함을 건넸다. 금융 가치와 예술 가치가 일치하는 것은 아니지만……. 옛날에 들었던 그 미술사가의 강의는 이렇게 끝을 맺었다. 그럼에도 불구하고 현대 미술과 돈은 행복한 동행을 하고 있다.

마레 지구에 있는 피카소 박물관은 대부분 입체파 경향의 작품들로 채워져 있는데, 그가 명성을 얻은 뒤의 것들이지만 황색 시대로부터 만년의 춘화 그림과 함께 드로잉과 조각, 도자기 등이 함께 모여 있어서 얼핏 대여섯 명의 합동 전시회 같은 느낌이 들 정도다. 가끔은 먹으로 휘두른 듯한 드로잉도 보였다. 장 뒤뷔페 같은 일정한 굵기의 검은 선이 아닌 선의 강약과 속도가 마치 모필로 그린 유채화 같다.

어쨌든 허다한 작가들이 손보다는 관념을 실타래처럼 풀어내던 시기에 마구 붓으로 그린 체질적인 페인팅들을 보니 속이 다 후련해질 정도였다. 모처럼 스페인에서 와서 '세탁선'이라고 불리는 '바토 라부아르'라는 배 모양의 작가 공동 스튜디오에 방 한 칸을 빌려 짐을 풀었던 피카소. 그림 그릴 때 외에는 파리 유명 화랑들을 돌며 주기적으로 피카소 그림 있냐고 물었다 한다. 이렇게 시작된 그의 그림과 돈의 동행은 그야말로 평생 행복한 동행이었던 셈이다.

　미술관 아래층 흰 벽에는 손녀딸쯤으로 보이는 여인과 가슴의 부스스한 털을 드러낸 노년의 피카소가 해변에 함께 누워 있거나 수영하는 영상이 돌아가고 있다. 피카소에게는 신화와 전설이 함께 따라다니는데 그중에는 판화, 드로잉, 도자기화, 조각, 펜화 등을 합쳐 그 수가 수십만 점에 이른다는 믿기지 않는 사실이 있다. 하긴 세계 어느 미술관에 가도 그의 작품이 있고, 프랑스에만도 그의 이름이 붙은 미술관이 세 개나 될 정도이니 전혀 터무니없는 말은 아닐 성싶다. 여인과의 사랑에 얽힌 일화들도 많지만 그것이 스캔들이 되기는커녕 그의 신화를 더 강고히 해주고 있으니 알 수 없는 노릇이다. 어쨌든 피카소가 음산한 현대 미술사의 한 시기에 구름 뒤에서 번쩍 떠오른 태양이었음은 부인할 수 없을 것 같다.

파리 마레 지구의 피카소 미술관

패션의 도시 파리. 그 중심에 수많은 의류 브랜드점이 밀접해 있는 곳 마레 지구. 그곳에 피카소 미술관이 있다. 바로크식 저택의 삼 층 큰 건물은 아기자기한 대부분의 매장과는 다른 웅장함이 미술계에서 피카소가 차지하는 위상처럼 크게 느껴진다. 17세기 중반에 지어진 고 저택 살레 저택은 1974년부터 십 년간 프랑스 현대 건축가 롤랑 시무네의 지휘하에 개조 작업을 진행했고, 그 결과 지금의 피카소 미술관이 되었다. 지하와 일 층에는 주로 피카소의 작품이 전시되어 있고, 이 층에는 임시 전시들과 판화가 진열되어 있으며, 삼 층은 사무실 등으로 사용되었다고 한다. 〈황소 두상〉, 〈입맞춤〉 등을 포함하여 삼천 점이 넘는 피카소의 작품을 보유하고 있다. 피카소가 보유했던 바실리 칸딘스키, 에드가 드가, 앙리 마티스, 폴 세잔 등의 작품이 함께 전시되어 있다.

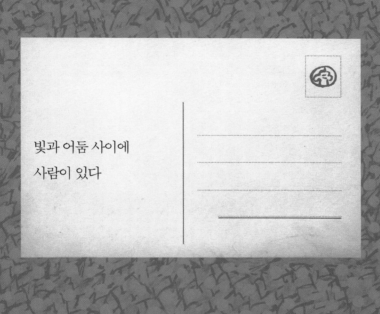

빛과 어둠 사이에
사람이 있다

한 달 가까이 이탈리아를 여행하면서

나는 미켈란젤로를 현전現前으로 만난 느낌이 들었다.

나의 앙코라 임파토

그는 시스티나 예배당의 천장화 〈천지창조〉를 프레스코 기법으로 사 년 만에 완성했다. 몸도 불편한 노인이 높은 비계를 오르내리며 얼굴로 뚝뚝 떨어지는 물감과 땀을 견뎌내야 했다. 작품을 완성했을 때, 그의 나이 여든일곱이었다. 마지막으로 비계를 내려오던 날, 그는 "안코라 임파로Ancora Imparo(나는 아직 배우고 있다)"라고 썼단다. 혹은 그렇게 중얼거렸는지도.

결코 '유레카!' 같은 환호가 아니었다. 오히려 좌절, 비탄, 신음에 가까웠다. 그가 '배운다'고 한 것에 대해 후대의 미술사가들은 한결같이 천장화를 그리면서 자기만의 어떤 기법을 터득했을 것이고, 따라서 배움에의 길은 끝이 없다는 겸손한 작업 메모였을 거라고 추정한다. 일정 부분 공감한다.

그러나 그의 생애는 늘 질풍노도와 맞서야 했던 생애였다. 천장화를 그리고 있는 중에도 교황은 하루가 멀다 하고 독촉했고, 동료 예술가들의 시기 질투며 모함은 사방에서 그를 찔러댔다. 그가 '배운다'라고 한 것을 나는 그래서 그가 그림이나 조각뿐만 아니라 사람에 대해서, 인생에 대해서, 신에 대해서, 삶과 죽음에 대해서, 무엇보다 자기자신에 대해서 알아간다는 포괄적인 의미로 썼을 것이라고 생각한다. 무엇보다 그는 평생 자기와 투쟁한 사람이었던 까닭이다.

이탈리아에서 그의 작품들을 보고 돌아온 후, 나 역시 가끔 속으로 '안코라 임파로'를 되뇌곤 한다. 천 개의 문이 모두 닫혀버리고 홀로 캄캄한 어둠 속에 내팽개쳐지는 느낌이 들 때 되뇌는 나의 '안코라 임파로'는 그래서 마음 저 밑바닥으로부터의 절규 혹은 하늘을 향한 외마디 기도 같은 것이 된다.

이렇게 '안코라 임파로'를 내 식으로 써먹는 데는 이유가 있다. 어렸을 때부터 나는 배우고 익히는 것을 싫어했다. 쉽게 말하면 공부에 별로 취미가 없었다는 얘기다. 그림이라고 다를 리 없다. 예컨대 석고 소묘, 사군자 그리기같이 '배우는 그림'을 끔찍이 싫어했다. 미술사? '이크, 뛰자'였다. 따라서 나의 안코라 임파로는 이제라도 배워야겠다는 각오이자 탄식일 수도 있겠다. 이 나이에 무

262

엇을 배우는가. 우선 내 내면을 응시하면서 '나'를 배우고 싶다. 누구로부터도 아닌 '나'로부터 배우는 것이다. '함부로 쏜 화살' 같은 내 마음이 어디로 가고 있는가부터 바라보며 배우는 것이다. 그러기에 작업이 벽에 부딪칠 때뿐 아니라 인생의 조각배가 세찬 풍랑을 만났을 때 속으로 탄식처럼 나만의 '안코라 임파로'를 되뇌곤 한다.

안코라 임파로…… 나는 아직도 배우고말고.

육교 위의 예수

어느 날 저녁, 영동의 한 육교 위를 걸어가다가 남루한 사내가 네온
사인이 켜지기 시작하는 환락의 도시를 향해 분노의 함성을 지르고
있는 것을 보았다. 예언자처럼 그는 도시를 향해 불 같은 노怒를 발
하고 있었다. 아무도 그를 눈여겨보지 않았지만, 그는 부르짖고 있
었다. 몹시 절박하게. 1994년 여름, 그 무더위 속에서. 그런데 그
후 이상하게도 1994년 여름, 육교 위의 그 사내가 발한 노와 절망
과 비탄이 이천 년 전 바람 부는 유대의 광야를 걸어가던 예수의 모
습과 자꾸만 오버랩됐다.

서울은 위험과 분노와 환락의 도시다. 전쟁의 위협에 시달리며
백주에 살인이 자행되고 걸쭉한 공해가 숨을 막는다. 다리가 내려

앉으며 지하철은 지옥철이 된다. 그 속에서 음흉한 성욕이 대낮에도 부글부글 끓어오르는가 하면 쓰디쓴 부도덕의 사회다. 서울은 어느덧 지구상에서 가장 무섭게 일그러져버린 괴물 같은 도시가 되었다.

1994년 여름, 육교 위의 그 사내가 발한 노와 절망과 비탄이 이천 년 전 바람 부는 유대의 광야를 걸어가던 예수의 모습과 자꾸만 오버랩된다.

햇빛 감사, 바람 감사

오래전 중증장애를 가진 한 시인과 펜팔을 나눈 적이 있다. 나와 편지를 주고받던 시절 그의 나이는 이십 대 중반을 지나고 있었는데, 그 젊은 나이에도 그는 목 아래로는 전혀 몸을 쓸 수 없는 처지였다. 일 년 열두 달 밤이나 낮이나 작은 침상에 엎드려 지내야 했다. 그런 열악한 상태에서도 새벽이슬같이 영롱한 시를 써내고 있었다. 당시 그는 구로동의 쓰레기봉투 제작하는 곳에서 다른 장애우들과 단체 생활을 하며 일하고 있었다. 그의 이름은 권오철. 고향은 강릉이라고 했다.

나는 처음 보는 순간, 이 청년 시인에게 빠져들고 말았다. 우선 이 세상 사람의 것 같지 않게 맑은 눈을 한 데다 얼굴 또한 말할 수 없이 평화스러웠기 때문이다. 누릴 만큼 누리는 위치에 있으면서도 불안과 불만에 시달리며 진정한 평화에 도달하지 못하고 있던 나는 내면의 기쁨이 우러나오는 듯한 그의 평화로운 모습이 경이로웠다. 편지를 주고받는 동안 시인이 나를 보호자의 한 사람 겸 문학 수업의 스승처럼 생각하고 있다는 것을 알았지만, 반대로 나는 나이 어린 그를 마음속 스승의 한 사람으로 생각하고 있었다. 내가 편지로 보내오는 그의 시를 손봐주는 것은 순전히 문장 기교에 관한 것일 뿐, 그의 글이나 삶 자체는 오히려 내게 감동과 경이의 덩어리였다.

장애가 깊었던 그는 쓰는 것뿐 아니라 말하는 것도 보통 사람의 세 배 네 배 더 힘겨워했다. 그럼에도 불구하고 시인의 감성을 타고난지라, 일상의 소소한 느낌들을 전화를 통해 가끔씩 들려주곤 했다. "선생님 오늘⋯⋯ 꽃, 꽃, 꽃이 피었어요. 창 밖에·비, 비, 비·가 와요. 창으로 보·라·색·구름·이 지나 가요. 참 예뻐·요, 요⋯⋯" 같은 것들이었다. 이런 문장 하나를 말하기에도 그는 에너지를 모아야 하고, 따라서 글로 쓰는 일 못지않게 힘들어했다.

그렇게 통화며 편지가 이어지는 동안, 점점 권오철 시인이 나를 비추는 거울이 되어간다는 것을 느꼈다. 그리고 시인의 거울에 비추어볼 때마다 나의 내면 모습은 얼룩과 오점투성이로 나타난다는 것도 알았다. 나는 차츰 그의 시를 받아보는 일이 부담스러워졌고, 내가 빨간 펜으로 어휘를 정정하거나 바꾸는 것에 회의가 들기 시작했다. 예를 들면, 우리는 감사나 기쁨, 고통 같은 단어를 함께 썼지만, 그 무게와 질은 사뭇 달랐다. 그의 시가 동토를 밀고 올라오는 여린 꽃 같은 것이라면, 내가 골라주는 단어는 플라스틱 조화 같은 느낌이 들어 문장 수업에 한계를 깨닫곤 했던 것이다.

시집을 두 권쯤 낸 후에 그는 구로동의 단체 합숙소를 나와 고향 산자락에 있는 작은 외딴집으로 거처를 옮겼다. 생활이 이만저만 불편해진 것이 아니었는데, 놀라운 것은 같은 장애우 아가씨와 혼인식 없는 결혼을 하고 함께 살기로 했다는 것이었다. 당연히 괜찮겠느냐는 걱정이 들었다. 아니나 다를까 겨울을 무사히 나는 일이 매번 큰 과제가 되었다. 작고 연약한 데다 중증장애를 지닌 어린

아내에게는 밥 짓는 것 외에 불 지펴 방을 덥히는 것이 여간 어려운 일이 아닌 데다가, 땔감을 마련하기도 쉽지 않았기 때문이다. 그래서 권오철 시인은 겨울이 되면 겨울잠을 자는 짐승처럼 아예 조금씩만 먹고 담요를 몇 장씩 뒤집어쓰며 칩거에 들어가곤 했다. 강릉 해당화가 그 선홍빛 꽃을 피우는 시간까지 그렇게 길고 지루하게 겨울을 견뎌내곤 했던 것이다. 그래서 시인에게 겨울이 길고 지루한 만큼 봄을 맞는 감격은 보통 사람의 그것보다 훨씬 크고 깊었다.

얼음이 녹고 따스한 햇살이 창가에 비쳐들 정도가 되면, 그는 몹시 설레 전화를 하곤 했다. 봄 햇살이 찾아들면 피가 도느라 몸 여기저기가 가려워지고, 시 또한 가슴으로부터 새로운 생명력으로 움터오는 것을 느낀다고 고백하기도 했다. 하지만 문제는 그토록 기다리던 봄이 되어도 그는 스스로 몸을 움직일 수 없기 때문에 누군가 그가 엎드려 있는 작은 침상을 햇빛 속으로 옮겨주어야 한다는 사실이었다. 누군가 찾아와 그렇게 해주기 전까지는 기다리던 봄도 작은 창을 통해서밖에 느낄 수 없었다. 그래서 누군가가 찾아와 외딴 방의 문을 두드려 맑은 바람과 햇빛 속으로 자신의 몸을 옮겨주는 것을 그는 "화려한 외출"이라고 했다. 그래서 보통 사람이 비행기를 타고 외국 여행 가는 것만큼이나 이 화려한 외출을 기다렸다.

어느 해 봄, 나는 그를 찾아가 그의 작은 침상을 번쩍 들어 집 뒤뜰에 옮겨놓았다. 시인의 몸은 낙엽처럼 가벼웠고, 얼굴은 창백하기 그지없었다. 문득 그가 몇 번의 겨울을 더 날 수 있을까 하는 불안감이 들었다. 나와 함께 화려한 외출을 한 권 시인은 그날 "선·생·님·행·복·해·요 선·생·님·감사·해·요, 요……"를 연발했다. 그리고 내가 다녀간 이후에도 그 봄에 다시 누군가가 화려한 외출을 시켜주었다고 설레는 목소리로 전화를 해왔다.

"그래, 어땠지?" 하는 나의 물음에 그가 가쁜 숨을 몰아쉬며 더듬더듬 말했다. "햇·빛·감사…… 바람·감·사·꽃·감사…… 저, 복 터졌어요." 나는 눈물이 핑 돌았다.

고향으로 떠난 지 네 해인가 다섯 해 만에 어느 겨울날 권오철 시인은 하늘나라로 떠나갔다. 그 겨울도 굳건히 견뎌내고 천지가 연

둣빛으로 물드는 새봄이 오면 아름다운 시를 지어 보내주겠다는 그
의 약속은 지켜지지 못했다. 금년 봄에도 시인이 잠든 강릉 땅에는
붉은 해당화가 지천으로 피어 있을 것이다. 언젠가부터 산천에 봄
이 곱게 타오를 때면 나는 조용히 입 밖에 읊조려본다.

햇빛……감사……
바람……감사…….

스승은 목욕탕에도 있다

십여 년을 단골로 다니던 목욕탕에 미스터 리라는 청년이 있었다. 아프리카 육상 선수처럼 군살 하나 없는 몸매에 성실한 데다 붙임성이 참 좋았다. 손님들의 뒤치다꺼리며 궂은일을 하면서도 늘 밝은 얼굴로 친절했다. 혼자서 하루 종일 구두를 닦고 대를 밀고 청소를 하며 물을 갈아대는 등 그야말로 만능 청년이었다. 언제 보아도 가만히 있을 때가 없었다. 목욕탕을 늘 반짝반짝하게 해놓았다.

그런 그는 사시사철 밖에 나가는 법도 없이 목욕탕 한쪽에서 먹고 자며 알뜰히 돈을 모아갔다. 십여 년을 조석으로 드나들면서 가까워졌는데 딱한 것은 사십을 코앞에 둘 때까지 짝을 못 만난 일이었다. 들고 나며 어서 좋은 배필감을 만나라고 하였지만 "저희 하

는 일이 워낙 색싯감이 달려들 만한 일은 아니어서요" 하며 씩 웃곤
했다.

미스터 리는 나뿐 아니라 단골들과 두루 친교를 가졌는데, 특히
가까이 지내는 손님들의 건강 상태나 몸 컨디션에 대해서까지 신통
하게도 잘 알아맞혀 사람들을 놀라게 했다. 나한테도 다가와 자세
를 교정해주는가 하면 가볍게 등 안마를 해줬는데, 그때마다 그는
온 힘을 다했다. 뿐만 아니라 이런저런 이야기를 해주는데 하나같
이 귀에 쏙쏙 들어오는 것들이었다. 예를 들면, 어깨가 뭉쳤다며 그
건 스트레스 때문인데 스트레스 중에 아주 나쁜 것이 사람에게 받
는 스트레스라는 것. 그러면서 하는 말이 미운 놈은 가급적 피하고
별수 없이 맞닥뜨리게 되면 떡 하나 더 주라고 했다. 몸을 맡기고
빙그레 웃으며 듣노라면 흡사 시골의 외숙이나 친척 형의 말을 듣
고 있는 듯한 기분이 됐다.

나이 들어갈수록 이런 훈훈한 말을 듣기가 점점 어려워진다. 각
박한 삶에 부대끼며 살다보니 옛날처럼 서로의 살림살이며 대소사

를 챙겨주는 미덕을 기대하기 어렵게 되는 것이다. 그러다 보니 도회지에서 일과 관계없이 이 년에 세 번 만나면 썩 괜찮은 관계라는 말이 생겨났을 것이다. 미스터 리에게 이런저런 이야기를 듣다 보면 그래서 마음까지 여유로워졌다.

　발바닥을 주무르면서는 단박에 많이 걷지 않았다고 나무랐다. 발은 걸으라고 있는 것인데 이렇게 말랑말랑 약해빠져서 어디 쓰겠느냐는 것이다. 그러면서 나이 들수록 하체가 건실해야 되고, 그 비결은 걷는데 있다고 했다. 현대인의 문제는 한사코 움직이지 않고 더 편하려만 하는데 있다며, 참으로 병폐라고 혀를 찼다. 그러면서 다이어트니 뭐니 호들갑 떠는 것이 영 마땅치 않다는 대목이었다.

　머리를 지압해주면서도 유쾌한 생각만 하라고 코치를 해줬다. 머리를 쉬게 하라, 어두운 데서 눈을 감고 휴식하라, 아무런 생각 없이 하루에 몇 번씩 머리를 텅 비워라, 머릿속의 불을 꺼라, 기분 나쁘고 불쾌하고 어두운 생각이 날아오지 못하게 하라는 말도 해줬다. 아니, 새처럼 날아올 수는 있어도 숫제 둥지를 틀게 해서는 안

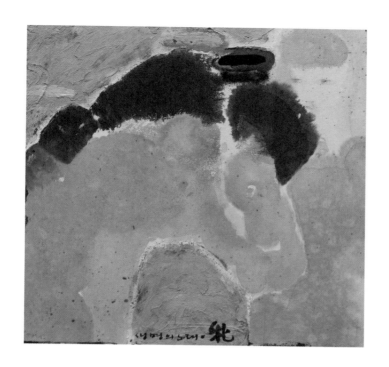

된다는 것이다. 그러고 나서는 귀에 대고 사실 이건 얼마 전 어느 책에서 본 것이란다.

십여 년을 지켜보아도 그는 도무지 우울하거나 어두운 얼굴을 한 적이 없었다. 늘 씩씩하고 늘 싱글벙글이었다. 가끔 동년배밖에 안 돼 보이는 손님이 목욕탕 안에서 문을 밀고 야! 혹은 어이, 하고 반말로 부르며 여기 칫솔 좀 줘 혹은 면도기 있나? 해도 전혀 불쾌한 기색 없이 재빨리 가져다줬다. 한여름 땀을 뻘뻘 흘리고 들어가면 얼른 냉장고에서 청량음료를 따라주기도 했다. 이럴 경우 돈을 주어도 한사코 손사래를 쳤다.

어느 해인가는 긴 여행을 다녀오는 바람에 한동안 그가 근무하는 목욕탕에 못 간 적이 있는데, 집에 와보니 그로부터 편지가 와 있었다. 자기의 근황을 적고 목욕탕에 한번 오라는 것이었다. 갔더니 환한 얼굴로 다가와 결혼하게 되었다는 것이었다. 그러면서 내게 꼭 주례 부탁을 하고 싶었다는 것이었다. 걱정하지 말라고 주례를 서주겠다고 했지만 한사코 괜찮다는 것이었다. 까닭을 물으니 결혼식은 훗날로 미루고 혼인신고만 하기로 신부와 약속을 했다는 것이었다. 씩 웃으며 작은 연립주택 하나 마련하고 보니 아무리 머리를 써도 결혼식 비용이 감당 안 된다는 것이었다. 신부가 섭섭해하지 않느냐고 했더니 잘 설득해서 이제 괜찮다는 것이었다. 그러면서 하는 말이 "사실 저 요새 환장하게 좋네요"라는 것이었다.

한동안 그 목욕탕에 못 가다가 들렀더니 미스터 리가 보이지 않았다. 이발사에게 어디 갔느냐고 물었더니 그만두었다고 했다. 그러면서 나한테 전해주라고 했다며 편지 한 통을 내밀었다. 정성스레 손으로 쓴 그의 편지가 나왔다. 인사 못 드리고 떠나게 되어 죄송하다며 나이도 있고 하여 목욕탕을 그만두고 신부와 시장 한편 골목에 순두부집을 내게 되었다는 것이었다. 김치찌개와 된장찌개, 제육볶음 같은 것도 한다며 한번 들르라는 것이었다. 어디 먼 나라로 떠나간 아우의 소식을 접하듯 마음 한쪽이 허전했다. 하지만 그가 그토록 원하던 평생의 반려를 만났다니 그 이상 다행인 일이 없었다.

그가 떠나간 뒤로는 목욕탕 가는 일이 뜸하게 되었다. 모처럼 들러도 듬직하고 성실한 그 얼굴을 다시 볼 수 없게 되어 허전하기만 했다. 이번 여름에는 그가 그려준 약도를 가지고 그가 내었다는 골목 안 순두부집을 찾아가볼 생각이다. 그리고 이번에는 내가 그의 고단해졌을 어깨를 좀 주물러줄 생각이다.

C. S. 루이스를 읽는 밤

더블린의 호텔에서 맞는 아침. 마치 묵상집의 한 구절처럼 C. S. 루이스를 떠올린다. 그의 책 《고통의 문제》와 《헤아려본 슬픔》은 밤에 읽기 좋고, 《기쁨의 하루》는 제목 그대로 향이 좋은 커피와 함께 아침 식탁에서 만나면 좋다. 그는 "매일 아침 가장 먼저 해야 할 일"로 "크고 강하고 고요한 생명의 강이 흘러 들어오게 하는 것"을 꼽았다. 그는 이 "생명의 강"은 "눈 뜨면 맹수처럼 달려드는" "그날의 소원과 (심지어) 희망까지도 모조리 밀어내야 가능한 것"이라고 썼다.

두꺼운 커튼을 열자 가로수들 사이로 환한 햇빛이 물살처럼 밀려온다. 밤사이 가라앉아 있던 우울, 행복에의 갈망, 덧없는 희망 같은 것들이 그 강한 햇살 속에 섞여 북아일랜드의 평원까지 날려가버리는 느낌이다. 그 빠져나간 자리에 이제는 고요한 생명의 강이 흘러 들어올 시간. 아침이 훨씬 풍요롭다. 일 층의 한산한 식당에서 갓 구워낸 빵과 진한 커피 한 잔의 식사를 마치고 시내로 나간다. 한 나라의 수도라고는 하는데 우리나라의 전주나 경주 혹은 통영쯤에 와 있는 느낌이다.

오래된 도시를 걷는 것은 즐겁다. 아이리시 펍 앞으로 천천히 전기버스 트램이 지나간다. 한산한 거리. 천천히 걷는 사람들. 파란 하늘에 솜처럼 떠가는 구름들. 도로 옆으로는 졸졸…… 맑은 물, 흔들리는 꽃들. 이곳은 도시이면서 전원이다. 작가 제임스 조이스의 동상이 거의 키 높이로 친근하게 서 있고, 관광객 두셋이 사진을 찍고 있다. 유리창 저편에 어른거리는 칼 꽂은 삼 층 아이리시 햄버거에 검은빛 에딩거 맥주. 무사처럼 체격 좋은 젊은이들이 왁자지껄 내 앞을 지나간다. 거리 쪽으로 문을 열어놓은 펍은 사람들로 차 있고, 이야기들로 왁자지껄하다. 저런 저잣거리 이야기들에 상상력이 보태져 소설로 연극으로 만들어져 나왔을 것이고말고다.

나는 유리창이 큰 찻집으로 들어간다. 아침에 만났던 그 진한 커피 향이 몰려온다. 삶의 이 지점에서 돌아보니 마치 사람과 인연 맺듯 책과 맺은 인연들이 쏠쏠치 않음을 느끼게 된다. 어떤 책은 오래된 사랑처럼 헐겁고 편안하고 따뜻했다. 그래서 세월이 가도 머리맡에 두고 잠들기 전 몇 줄씩 보게 된다. 물론 허다한 책이 아픈 머리를 더 아프게 헝클어놓고 복잡한 세상을 더 복잡하게 만들어버리기는 했지만, 그럼에도 불구하고 확실히 어떤 책은 인격이 되어 다가왔다. 말을 걸어오고 말을 들어준다. 적막한 밤의 공간으로 가만히 걸어오는 책의 발소리, 숨소리, 기침 소리, 눕고 일어나는 소리들이라니. 나는 소년 때부터 그 소리들과 친숙했다.

C. S. 루이스. 그의 책에서 나는 그의 체온을 느낀다. 특히 오래된 삶의 의문과 신학적 숙제 같은 것을 쉽고 친절하게 풀어줄 때면 더 그렇다. 일테면 조곤조곤 다가오는 이런 대목에서 나는 포박당한다.

먼저 우리가 지금 우리의 생명을 어떻게 얻었는지부터 생각해

봅니다. (중략) 우리 대부분은 어렸을 때 사람이 어떤 과정을 거쳐 태어나는지 이리저리 추측하느라 많은 시간을 보낸 경험이 있습니다. 실상을 처음 듣게 되었을 때 그 과정이 워낙 기이하다 보니 선뜻 믿지 못하는 아이들도 있을 정도입니다. 그러므로 다음 생명의 진화 과정 역시 기이하리라는 것을 예상해야 합니다. 그분은 성性을 처음 만들 때 우리와 상의하지 않으셨고 따라서 새로운 생명을 만들 때에도 우리와 상의하지 않으십니다.

C. S. 루이스, 《순전한 기독교》 중에서

얼마나 명료하고 명료한가. 터무니없이 명료한가. 사람은 어떻게 태어났으며 어디로 갈 것이고, 사후에도 삶이 지속된다면 어떤 형태일 것인가에 대한 에포케epoche(판단 중지) 상태로 편안하게 들어갈 수 있게 된다. 이 명쾌한 변증적 논리 앞에 모자를 벗고 싶어진다.

이 사람은 그 자신의 주장대로 하나님이었거나 (따라서 지금도 하나님이거나), 아니면 미치광이 내지는 그보다 더 못한 자.

C. S. 루이스, 《순전한 기독교》 중에서

예수에 대한 그의 변증 중 가장 유명한 구절 가운데 하나다. 사인 코사인 탄젠트를 줄타기하던 내 십 대, 이십 대의 교회 생활 때문에 어머니는 나를 늘 한심한 눈으로 바라보시곤 했다. 자의식이 생기기도 전, 나는 그분의 손에 잡혀 교회를 오갔는데, 가끔씩 돌아보면 내 문제적 기독 청년의 시기에 왜 일찍 C. S. 루이스 같은 명쾌한 문장들과 만나지 못했던가 하는 아쉬움이 크다. 그런 면에서 아일랜드 여행은 내게 성지 순례 같은 것이다. 내가 평생 짝사랑하던 문학의 성지이자 한 남자를 통해 기독교라는 지도를 건네받은 성지인 것이다.

내가 아는 오정현 목사(사랑의 교회)는 다독가多讀家다. 그는 신학이나 철학 외에도 음악, 미술, 문학 등 다양한 분야의 책을 읽는

다. 특히 미술 분야는 딜레탕트dilettante 수준을 훌쩍 넘어선다. 책을 많이 읽을 뿐 아니라 지인들에게 책 선물하기를 좋아해서 내게도 가끔 한 보따리씩 다양한 책들을 보내오곤 한다. 얼마 전 오 목사로부터 받은 책 중에 C. S. 루이스의 《순전한 기독교》가 있었다. 책을 받은 순간, 아, 이 책, 싫었다.

처음 이 책을 선물로 받은 것은 지금은 캐나다에 가 있는 제자 함미애로부터였다. 1980년대에 나는 대학의 '기독교와 미술' 관련 서클의 지도교수로 있었는데, 당시 그 그룹의 제자들이 C. S. 루이스의 책을 즐겨 읽고 토론을 하곤 했다. 그때 그 여학생은 유독 그 작가에게 매료되어 있는 듯 보였다. 그런데 기독교 변증서로서 이제는 신고전이 된 《순전한 기독교》를 막상 지도교수이던 나는 당시 읽지 않은 상태였다. 내게 꼭 읽어보라는 카드와 함께 책을 보낸 앳된 여학생은 이제 육십을 바라보는 나이가 되었는데, 사십 년이 지나 이번에는 그 책을 유명 설교가를 통해 받게 되니 감회가 새로울 수밖에, 이렇게 한 세대가 가는구나 싶었다.

그렇게 세대도 가고 세상은 바뀌는데 한 권의 책이 사십여 년 넘도록 읽히고 또 읽힌다는 것은 놀랄 만한 일이다. 그의 책 중에《순전한 기독교》가 가장 널리 알려진 것은 사실이지만, 사실 그의 다른 책들 또한 아직도 대형 서적 매대를 굳건히 지키고 있다. 놀라운 일이다. 《나니아 연대기》,《뜻밖의 기쁨》,《헤아려본 슬픔》,《고통의 문제》, 《세상의 마지막 밤》,《스크루테이프의 편지》, 그리고《오독》…….

시와 산문, 허구와 사실 사이를 오가는, 그 마디진 손가락 사이로 부터 빚어져 나온 문자들은 햇빛 받고 흐르는 물살들처럼 영롱하기만 하다. 그는 타고난 문장가였다. 습기 차고 슬픈 지상과 햇빛 쏟아지는 천국을 왕래하는 우편배달부처럼 세월이 가도 충실한 메신저 역할을 하면서 이제는 정신과 의사 스콧 펙의《아직도 가야 할 길》과 함께 그 분야 독서계의 '넘사벽(넘지 못하는 벽)'이 되었다.

그의 책이 지구인들에게 그토록 많이 읽힌다는 것은 한편 슬프고 한편 기쁜 일이다. 이 행성에는 아직 허리 휘도록 노동해도 가족끼리의 저녁 한 끼가 자유롭지 못한 삶이 있다는 이야기이며, 대성

통곡해도 풀리지 않을 응어리를 가진 삶이 널려 있고, 허깨비 같은
죄와 싸우느라 기진맥진한 삶이 있다는 이야기이기 때문에 슬픈 일
이다. 동시에 그럼에도 불구하고 그 땅에 굳건히 두 발을 딛고 서서
눈 들어 하늘을 바라보려 한다는 점에서, 그리고 그 상처받은 사람
들이 자신의 삶에 대해, 세상에 대해, 죽음에 대해, 신에 대해 묻고
싶어 한다는 점에서 희망적이다. 질문하는 것이야말로 인간됨의 특
권일 것이기 때문이다.

C. S. 루이스, 그는 누구인가? 많은 사람이 그에게 "기독교 변증가"라는 다소 생소한 이름표를 달아준다. 《순전한 기독교》는 그 분야의 대표 저작으로 꼽힌다. 그런가 하면 대중에게는 판타지 소설가로 더 많이 알려져 있다. 영화로까지 제작되어 크게 흥행한 《나니아 연대기》 연작을 통해서다.

전자의 경우, 정통 복음주의자들로부터 가톨릭 교인에 이르기까지 광범위한 독자를 지니고 있는데, 그런가 하면 《고통의 문제》 같은 책은 인문 교양서로서도 폭넓게 읽히고 있다. "똑똑하고 위트 있고 친절하고 게다가 은혜롭기까지 하다"(빌리 그레이엄 목사)는 평評처럼 뛰어난 문장가이면서 동시에 인간적 매력을 많이 지녀서 이미 생전에 수많은 평전이 쏟아져 나왔다. 교황 요한 바오로 2세는 C. S. 루이스의 《네 가지 사랑》이 그가 가장 좋아하는 책 중 하나라고 소개하기도 했다.

늦게 만난 아내 조이 데이비드먼과의 짧은 결혼 생활의 사랑과 상실을 일기 형태로 기록한 책 《헤아려본 슬픔》은 처음에는 'N.

W. 클러크'라는 가명으로 사후 출간되었는데 아내의 급작스러운 죽음 이후 기독교적 신앙과 믿음을 상실하고 흔들리는 모습을 보여 그의 추종자들에 의해 한때 금서가 되기도 했다. 예컨대 '하나님은 어디 계시는가? …… 다른 모든 도움이 헛되고 절박하여 그분에게 다가갔지만…… 면전에서 꽝, 하고 닫히는 문' 같은 구절이 그의 기존 저서들과는 배치되는 입장처럼 보인 까닭이다.

　1963년 11월 22일 65번째 생일을 앞두고 침대에서 떨어져서 단 몇 분 만에 숨지는데, 그의 사망 소식은 J. F. 케네디 대통령 암살로 가려졌다. 2003년 그는 성공회로부터 '성인'으로 추서되었고, 이후 세인트 C. S. 루이스로 명명되기도 했다. 작가로서는 이례적인 일이다.

북아일랜드 벨파스트. 이곳의 분위기는 내가 지나온 더블린과는 확연히 다르다. 북아일랜드 분쟁과 분리주의의 갈등과 상처가 깊은 곳인 데다가 한때는 화약 냄새 자욱한 곳이었지만, 언제 그랬냐는 듯 사방이 질펀하고 나른한 평화투성이다. 더구나 내 눈에 비친 벨파스트는 문학이 아닌 미술의 도시. 런던을 뺨칠 만큼 세련된 현대 미술 작품들이 여기저기 눈에 띈다. 그중에는 정치색을 띤 벽화물도 많다. 옛 조선소 자리에 들어선 '타이태닉 벨파스트'는 끊어지다시피 했던 관광객들의 발걸음을 다시 이어놓았다. 세상에서 가장 유명했던 여객선 타이태닉 호를 이곳 조선소에서 마무리 작업하여 진수시켰다.

나는 설레며 이스트 벨파스트로 발길을 향한다. 이른바 C. S. 루이스 광장을 보기 위해서다. 막상 그곳에 들어서면서는 배시시 웃게 된다. 그의 판타지 소설 《나니아 연대기》 속에 나오는 철조 인물상과 소품들이 달랑 세워져 있다. 그러고 보면 C. S. 루이스에 대한 사람들의 관심은 《순전한 기독교》 쪽보다는 《나니아 연대기》 쪽에 훨씬 많은 것 같다.

발길을 천천히 시내로 향하는데 잉글랜드와의 갈등과 분열이 극심한 지역인데도 불구하고 빅토리아 시대의 건물들하며 마치 작은 런던 같은 인상이다. 미워하면서도 선망했던 것일까. 어쨌거나 C. S. 루이스는 이곳을 떠나 런던으로 갔다. 그리고 런던에서는 더블린을 왕래했다. 허다한 작가, 미술가들이 밟은 경로다. 그들처럼 그역시 애증의 고향을 떠나 런던에서 학자, 소설가, 교수직을 얻으며 세상에 이름을 알렸다. 대영제국의 훈장과 영국 기사 작위를 받으며 아일랜드인과 영국인의 두 정체성을 한 몸에 지니게 된 것이다.

C. S. 루이스의 문장은 우아하고 웅혼하다. 섬세하고 아름답다. 교향악 같고 가늘게 떨리는 바이올린의 현 같다. 마치 아일랜드의 장엄한 모허 절벽 같은 원시의 자연을 닮은 듯하다. 그러나 또 한편으로는 독특한 도시적 섬세함과 세련성을 보인다. 말할 것도 없이 잉글랜드적 문예 전통이다. 그의 정신과 문학 세계는 말하자면 아일랜드와 잉글랜드라는 일란성 쌍생의 소산인 셈이다.

C. S. 루이스

북아일랜드 벨파스트에서 출생해 런던을 중심으로 활동한 소설가, 시인, 문학 비평가, 신학자, 기독교 변증가, 수필가, 교수다. 케임브리지 대학에서 철학과 르네상스 문학 등을 가르쳤다. 무신론자였다가 삼십 세 무렵 기독교 신앙을 받아들여 변증적 방법이라는 새로운 인식론으로 기독교를 조명했다. 평신도 신학자였지만 《순전한 기독교》 등의 저서를 통해 제임스 패커, 팀 켈러 같은 신학자, 목회자들에게 큰 영향을 미쳤다. 《나니아 연대기》 같은 판타지 소설을 쓰기도 했으며, 무려 삼십여 종이 넘는 그의 전기물이 여러 필자들에 의해 집필되었을 만큼 큰 영향력을 끼쳤다.

교회당에 오솔길 하나를 낼 수 있다면

이 년여에 걸쳐 서초동 사랑의 교회에 길이 오십오 미터가 넘는 일종의 벽화 하나를 그렸다. 오래 건조한 자작나무 판재에 '방해말'이라는 돌가루 석채를 깔고 그 위에 그린 것으로, 산천에 송홧가루가 분분하게 날리는 그림이다. 돌가루의 저항으로 모필이 자주 마모되곤 했다. 제목은 〈바람이 임의로 불매, 송화분분〉. 길이 사 미터의 판재를 계속 이어 붙여가며 그린 것인데, 정작 나는 작업실이 좁아서 그림이 설치되고 나서야 그 전모를 볼 수 있었다. 처음 전체를 보면서 드는 생각은 '많이 부족하구나'였다.

사랑의 교회는 누가 뭐래도 한국의 기념비적인 교회다. 대로변 비싼 땅에 크게 지어졌대서 하는 말이 아니다. 처음부터 정교하게 예술성과 영성을 조화시키며 출발했다는 점에서 그렇다. 개신교는 확실히 가톨릭교회에 비해 건축미학적 측면에서 부진한 감이 있다. 감이 아니라 실제 그렇다.

로마 가톨릭은 처음부터 영성과 아름다움, 혹은 예술을 분리하지 않았다. 뛰어난 영성을 겸비한 고전 예술가들 역시 아름다움의 궁극을 추구하며 나아가면 거기 창조주가 계실 것이라는 믿음이 있었던 것으로 보여진다. 물론 기독교 역사는 가톨릭교회가 예술적 치장에 과도하게 치중하다가 영적 타락에 빠진 경우도 보여준다. 그럼에도 불구하고 영성이 예술성과 함께 가야 한다는 믿음은 굳건했고, 그 출발은 대개 교회당 건축에서부터 비롯되었다.

그에 반해 개신교는 오직 성경, 오직 말씀의 원칙 위에 서 있었다. 비교적 건축미학에 무심했다. 물론 '오직 말씀'의 원칙을 주춧돌로 한국 교회의 기적이 일어났던 것도 사실이다. 그와 함께 개별 교회 목회자에 대한 신화들이 생겨났고, 그 의존도도 높아져갔다. 아무개 목사가 성령의 불을 받았다, 어떤 교회에서 기적적 치유 사역이 활발하다, 식이다. 그런데 곰곰 생각해보면 목사는 원빛을 전해주는 중간 빛일 뿐이다. 예컨대 한전에서 오는 빛을 받아 실내외를 밝히는 등불 같은 역할인 것이다. 그런데 역설적이게도 위임받은 그 간접조명의 빛이 너무 강렬해서 원빛의 존재감이 희미해지는 경우가 생긴다. 대형 교회가 지닌 함정이 이것이다.

목회자 집중도와 의존도가 커질수록 그 목회자나 교회에는 어떤 종류의 시험과 위험도가 상시적으로 증가한다. 목회자의 버벌 랭귀지verbal language에만 집중하지 않고 지혜롭게 시각 분산을 일으킬 수 있는 방법이 있을까. 로마 가톨릭은 그것이 고도의 영성을 지닌 미술 작품과 함께 가는 것이라고 생각했다. 그리고 그렇게 함으로

써 집례하거나 강론하는 사제의 개별적 집중도를 희석시킬 수 있었다. 물론 그 시절 그만큼 뛰어난 예술가가 많았다는 것도 행운이었다. 미켈란젤로만 해도 창조의 빛을 받기 위해 금식과 기도를 밥 먹듯 했고 바울처럼 평생 독신이었다. 그는 속으로 자신이 교회의 어떤 직책에 있는 사람들보다 하나님과 더 가까이 있고, 그의 옷자락을 만지는 사람이라는 자부가 있었던 듯하다.

사랑의 교회가 가톨릭교회를 참작했는지는 알 수 없다. 다만 그 교회가 위치한 곳은 대한민국의 권부 중 권부라고 할 수 있는 서초동 네거리다. 법원과 검찰청이 들어차 있는 살벌한 곳이다. 죄인을 단죄하고 그 형량을 재는 일로 건물들마다 불야성 상태다. 자연 그곳의 공기는 메마르고 삭막할 수밖에 없다. 게다가 하루가 멀다 하고 데모의 함성과 플래카드가 난무한다. 눈에는 눈, 이에는 이, 식이다. 이런 곳이다 보니 굳이 사랑의 교회가 아니라 하더라도 이 분노를 어루만지고 함성을 가라앉힐 만한 그 어떤 장소나 장치가 필요해진다. 그런데 뜻밖에 교회가 그 역할을 자임하고 나선 것이다.

주목할 만한 시도였다. 미술관에서나 만날 만한 작품들이 걸리기 시작했다. 우선 법조인들이 그곳에 드나들기 시작했다. 그리고 꼭 그 때문이라고 할 수는 없지만, 한국 개신교가 급격히 하향 곡선을 그리고 있는 데 반해 이 교회는 완만한 상승세를 타고 있다. 날로 노령화되는 한국 교회의 현실 속에서 젊은 세대의 증가율이 괄목할 만하다는 점에서 주목을 받았다. 크고 웅장한 건물과 화려한 프로그램에 낚였다, 고 비판한다 해도 성장은 성장이다. 지금은 전 분야 전 영역이 문화와 예술과 함께 가야 살아남는 시대가 되었다. 교회라고 독야청청 獨也青青, 이 흐름에 문닫아걸 수는 없다.

그 교회를 이십 년째 이끌어오고 있는 오정현 목사는 주지하다시피 '불의 터널'을 통과하여 오늘에 이른 목회자다. 그런데 놀라운 것은 그가 자동차가 오르막을 오를 때 어느 지점에서 변속기어를 넣어야 되는지 미리 알고 있었다는 점이다(하긴 지금의 자동차는 거의 자동이어서 수동 기어 변속이 필요 없게 되었지만). 그에게는 한국 교회가 아날로그적 선교에서 벗어나 새롭게 도래하는 문명을 직시해야 한다는 비전이 있었다. 그런 면에서 나는 그가 준비된 목회자라고 생각한다.

폐일언하고, 가끔 사람들이 묻는다. 왜 그렇게 긴 그림을 그렸느냐고. 그러면 대체로 내 대답은 "실력 없으면 크기로 들이미는 법"이다. 그러나 아무리 대작을 그리고 싶어도 주어지는 벽 없이는 불가능한 일이다. 산이 저기 있어서 오른다, 는 식으로 길고 흰 벽이 주어졌기 때문에, 그리고 국적 불명의 성화聖畵가 아니어도 좋다는 교회 측의 양해가 있었기 때문에 작업에 착수할 수 있었다.

물론 이 정도의 그림을 걸어놓고 하나님의 영광 운운의 위선을 떨고 싶은 생각일랑 애당초 없었다. 다만 이 교회가 나 같은 '쟁이'를 위해 문을 활짝 열어주었다는 점에 나는 눈물겹도록 고맙다. 누가 알겠는가. 채 한 세기가 못 되어 불국사 수학여행 가듯이 사람들이 교회당의 작품들을 보기 위해 관광버스에서 내릴지.

버스 얘기가 나왔으니 말인데 예배 시간에 쫓겨 버스며 승용차, 지하철에서 우르르 쏟아져 나온 사람들이 곧바로 본당으로 들어가는 것이 나는 늘 마음에 걸렸다. 본당으로 들어가기 전 조용히 걸으며 신을 만날 준비를 하는 시간 혹은 장소가 있었으면 좋겠다는 생각을 하곤 했다. 내 그림이 있는 듯 없는 듯 걸리기를 바랐던 것도 분주히 본당으로 빨려 들어가는 발걸음들을 잠시라도 머물게 하거나 붙잡아둔다면 좋겠다는 생각에서였다.

옛날에 푸새한 옷 정갈히 입은 엄마의 손을 잡고 유채꽃, 장다리꽃 핀 들길을 걸어서 저 멀리 보이던 예배당에 다니던 기억, 꽃이 참 예쁘기도 하구나. 하나님의 솜씨란다. 길을 걸으며 내 어머니는 그렇게 들려주시곤 했다. 목사의 메시지는 생각나지 않는데 오가며 어머니에게 들은 말들은 생생하다. 가끔 예배 후 가던 길을 멈추고 저 별들도 그분이 만드셨단다, 하면 속으로 엄청 바쁘셨겠구나, 고 생각하곤 했던 기억이 난다.

그런 면에서 차에서 우르르 내려 곧바로 창조주, 위대한 신, 왕

중의 왕을 모신 신전인 예배당에 들어갔다가 메시지를 듣고 다시 우르르 쏟아져 나와 흩어지는 모습들이 나는 민망했다. 내 그림으로 오솔길 하나를 낼 수 있다면 싶었다. 잠시라도 그 분주한 발걸음의 속도를 느리게 하거나 간헐적으로 멈추게만 한다면 그것만으로도 성공이라고 생각했다.

이제 나는 다시 일상으로 돌아와 있다. 줄줄이 계획된 전시며 출간 계획으로 분주하다. 이제는 가끔 어떻게 그렇게 큰 그림을 그리게 되었느냐고 묻는 이에게 거기 긴 벽이 있어서, 가 아니라 교회당에 오솔길 하나 내고 싶어서, 라고 대답하련다.

어느 날, 바보 예수

2018년 5월 11일부터 서울대 미술관 모아MOA에서 〈바보 예수에서 생명의 노래까지〉라는 명제의 전시가 열렸다. 내 정년 퇴임을 앞두고 일종의 회고전으로 대학 측이 마련해준 것이었다. 첫날, 옷을 차려입고 개막식에 맞춰 미술관 쪽으로 걸어가다가 현관을 앞에 두고 문득 뒤를 돌아봤다. 언제나처럼 넓고 푸근한 관악산이 눈에 들어왔고, 그 아래로 교문에 이르는 긴 가로수 길이 보였다. 그 길은 마치 희게 흐르는 강 같은 느낌이었다. 강도 참 격렬한 강이었지, 저 물결을 타고 성난 함성들이 흘러들 왔으니까 싶었다. 무성한 가로수 길의 끝머리에선 다시 샛강처럼 다른 길 하나가 합쳐진다. 사십여 년 세월을 조석으로 오르내리던 미대로 가는 길이다. 별로

특별할 것도 없는 그 풍경이 아름답다고 느껴지는 순간, 울컥해지
며 떠날 때가 되었구나 싶었다.

비단 그 길의 풍경만이 아니다. 그러고 보니 무심히 지나치던 길가의 나무 한 그루에까지 부쩍 애잔한 눈길을 던지게 되는 요즘이다. '나는 네가 곁에 있어도 네가 그립다'라는 시구처럼 어쩌면 대학이 내겐 그런 곳이 아니었을까 싶다. 공간이 하나의 인격체로 다가와 살포시 얹히는 느낌 같은 것을 받곤 했으니까. 그런 점에서 내 그림 역시 이 공간과 분리될 수 없고말고다.

〈바보 예수〉는 어느 날 석양 무렵 최루탄 연기 자욱하던 교문 쪽을 바라보며 내려오다 생겨난 산물이다. 이후의 〈생명의 노래〉역시 후문의 교수 아파트 살던 때, 2월 어느 날 산책길에서 시작된 것이다. 연탄가스 중독으로 오래 이어지던 병원 생활에서 퇴원할 무렵에 올라간 산 중턱에서 파르르 떨고 있는 작고 여린 꽃 하나를 주목하게 되면서부터 비롯되었던 것. 그렇다고 해서 이곳이 내게 마냥 낭만과 평화투성이 장소였다는 얘기는 아니다. 평화는커녕 격렬함과 아픔이 훨씬 많은 장소였고 세월이었다.

상념에 잠겨 하염없이 교문 삼거리 쪽을 바라보다 다시 미술관 쪽으로 향하는데 유리문 저쪽에서 누군가 하얗게 웃으며 어서 걸어오라고 손짓했다. 그런데 갑자기 그 건물이 분명 캠퍼스 안에 자리하고 있었건만, 대학 저편 세계에 있는 것처럼 낯설게 느껴졌다. 그렇다. 두 개의 세계가 나누어지고 있었다. 심지어 창문도 공기도 없을 것 같은 저곳으로 들어가면 다시는 나오지 못할 것만 같다는 절망감까지 스칠 정도였다. 예기치 못한 느낌이었다. 속으로 이것이 바로 정신과 의사 어빈 얄롬이 그의 책에 쓴 소위 '분리 공포'라는 것이구나 싶었다.

《나는 사랑의 처형자가 되기 싫다》라는 그의 책에는 외로움과 소외에 대한 불안 때문에 자아自我가 더 큰 어떤 힘에 흡수되고 마침내 녹아버리기를 갈망하는 육십 대 델마라는 여자의 이야기가 나온다. 그녀는 어느 날 남편이 아닌 키가 아주 큰 흑인과 춤을 추다 바닥에 누워 섹스를 하게 되는데, 흐느껴 울면서 그 남자의 귀에 대고 이렇게 속삭인다. "나를 죽여줘." 그녀는 자신의 에고가 해체되면서 그 무지막지한 사내의 힘에 흡수되고 마침내 소멸해버리기를 그렇게 갈망했다.

이런 에로스적 풍경과는 사뭇 다르지만 내게도 가슴속에 눈물처럼 고여 사라지지 않는 열세 살 소년의 애절함과 속삭임 같은 것이 있다. 고백하자면 열두 살 되던 해 다정했던 육친의 아버지가 홀연히 내 곁을 떠나면서부터 생겨난 분리에 대한 공포와 안타까움 같은 트라우마다. 외롭고 고통스럽고 쓸쓸한 날일수록 나는 부드럽고 크고 따뜻한 어떤 힘에 기대고 싶어진다. 그러다 그 주권적 대리자를 어느 날 골목길의 작은 교회당을 찾아가 발견했고, 그의 이름이 예수라는 것을 알았다. 그러나 어쩌랴. 교회당과 화집에서 만난 예수는 한결같이 늘씬한 서양 미남자의 얼굴이었고 표정이 없었으며 창백하거나 심지어 차갑기까지 했으니.

화가 생활 내내 어떻게 해서 〈바보 예수〉라는 도발적인 제목의 그림을 그리게 되었느냐는 똑같은 질문을 무수히 받았다. 그때마다 나 역시 녹음기를 틀어놓은 듯 똑같은 대답을 하곤 했다. 나의 삶 속에 깊숙이 걸어들어와 손을 내미는 예수. 나의 눈물을 닦아주며 내 작은 고통의 소리에도 귀를 기울여주는 예수. 일찍 세상을 떠나 버린 내 아버지의 대리자로서의 예수. 크고 부드러운 힘을 가진 예수. 나의 아픔뿐 아니라 시대의 상처까지 싸매고 감싸주는 예수. 그런 육친스러운 예수를 그리고 싶었노라고.

간혹 여기서 더 나아가는 질문도 있었다. 그렇다면 그 위대한 이름 앞에 '바보'라는 수식어를 붙인 것은 앞뒤가 맞지 않는 것 아니냐고. 이럴 즈음이면 나는 빈센트 반 고흐인가 누군가 했다는 '그림은 말을 넘어선다 painting is beyond language'라는 유체이탈 화법으로 도망치곤 했다. 그만큼 〈바보 예수〉, 〈황색 예수〉, 〈흑색 예수〉, 〈흑색 예수, 붉은 눈물〉, 〈우는 신神〉 연작은 사적인 언어로 공적 논리화시키기에는 복잡하기 그지없었기 때문이다.

그날 현관 유리문 저편의 얼굴은 다시 어서 오라고 손짓을 하는데, 한 떼의 어린 여학생들이 서로를 부르거나 까르르 웃으며 내 곁을 스쳐 지나가는데, 나는 방향치처럼 교문 앞 삼거리에서 눈을 뗄 수 없었다. 그 순간, 번쩍이며 어디선가 최루탄이 터졌다. 이어지는 최루탄의 연발음과 함께 코끝에 매캐한 냄새가 났다. 한 무리의 구호도 들렸다. 사방에서 함부로 날아드는 휴지 뭉치처럼 구호는 함성이 되어 귓가에 가득 잠겨왔고, 최루탄의 연발음은 꿍음처럼 들려왔다. 그러다가 마치 노래의 후렴구처럼 가물가물 멀어졌다. 앙리 베르그송이 말했다지. '시간은 기억'이라고. 그날의 기억은 심지어 매캐한 연기 냄새까지 느껴질 정도다.

그래, 저곳이었어. 1980년대 어느 날 석양 무렵, 미대로부터 저 교문 삼거리 쪽으로 내려오다가, 자욱한 최루탄 연기와 격렬한 구호와 난무하는 돌멩이와 화염병 속, 그 허공에서 그분의 얼굴을 보았지. 그날 허공을 바라보는 순간, '바보 예수'의 표정과 얼굴이 한꺼번에 펼쳐지며 보였어. 누군가는 마치 무슨 간증을 하듯이 극적으로 말한다고 비아냥댈지 모르지만, 나도 당황했을 만치 형상은 허공에 펼쳐지고 또 펼쳐졌어. 울부짖고, 고통으로 일그러지고, 고개가 꺾이고, 무력하게 늘어진 모습. 강하고 큰 힘의 승리자 예수를 기대했건만 그날 허공에 보인 그이의 모습은 무력하고 나약한 인간 예수의 모습이었어.

이천 년 전 바람 불고 흙먼지 일던 유대의 광야를 홀로 걸어갔던 예수. 혁명을 외치던 눈 붉은 군중과 막강한 로마의 군대 사이에 서 있었던 예수. 그 예수가 최루탄과 화염병의 저 삼거리에 다시 온다면 어떤 모습이고 무슨 말을 할 것인가에 대한 답이 그날 그 허공에 펼쳐지던 형상들로 돌아왔던 것이다. 그래서 〈바보 예수〉가 어떻게 나왔느냐고 누가 다시 묻는다면 그날 허공에서 보았던 형상들을 작업실로 돌아가 복기하며 그려낸 것이었을 뿐이라고밖에는 말할 수 없다.

그날 나는 해결자 예수, 위대한 예수, 승리자 예수를 기대하며 일종의 실존적 물음을 던졌다. 그 위대한 분에게 기대고 싶었던, 그리하여 나의 에고가 그분의 그 위대성에 행복하게 흡수되어버리기를 기대하면서. 그러나 안타깝게도 내 붓끝에서 나온 예수는 슬픈 예수, 고통받는 예수, 무기력한 예수, 심지어 바보스럽기까지 해 보이는 예수였다. 그날의 그 모습들이 실상 그분의 실체와는 너무나 거리가 먼 아픈 시대상과 오버랩시킨 내 자아의 투사였을 뿐이었음을, 격렬한 1980년대를 지나온 상처 입은 나의 다른 모습이었을 뿐임을 알게 된 것은 오랜 세월이 흐르고 난 뒤였다.

그런데 이렇게 해서 세상에 보여진 〈바보 예수〉에는 유난히 많은 곡절과 사연이 따라붙었다. 〈바보 예수〉 연작으로 개인전을 연 것은 1989년 가을인데, 뜻밖에도 적잖은 기독교인들이 신성모독이라며 불쾌감을 표시했다. "저러다 무슨 일을 당할 것"이라는 말까지 나올 정도였다. 하지만 나는 나의 진심을 예수, 그분만은 아시리라고 생각했기 때문에 이런 반응에 괘념치 않았다.

문제는 개인전이 끝나고 이어진 불의의 사고였다. 그때 나는 또 다른 전시를 준비하며 동시에 《서울대 미대 45년사》라는 책을 집필하고 있었는데 작품도 원고도 초읽기에 내몰린 형편이었다. 학교 정문 가까이 열악한 고시촌에 방 한 칸을 얻어 글을 쓰면서 동시에 그 옆집 차고를 작업실로 빌려 쓰면서 그림까지 그려야 했다. 그러던 어느 날, 그 세 든 방에서 잠을 자다가 그만 연탄가스에 중독되었고 서울대 병원에 실려 가 생사를 넘나드는 험한 수술을 연거푸 받아야만 했다. "무슨 일 나지……" 했던 쪽에서 보면 아귀가 딱딱 들어맞는 셈이었다.

이런 수난의 〈바보 예수〉 연작이 대접받은 것은 오히려 유럽 쪽에서의 초대전이었다. 독일의 구아르드니 미술관 프레데르시아갤러리 등에서 펼쳐진 개인전을 〈테겔〉이나 〈북스브라트〉, 〈베를린

모닝포스트〉 같은 신문이나 방송에서 일제히 대서특필로 호평을 해주어 서울에서 받았던 상처의 상당 부분을 아물게 했다. 그러다 2004년 광주비엔날레에서는 칠십여 미터의 광대한 벽이 내게 주어져 수십 점의 〈바보 예수〉, 〈흑색 예수〉 연작을 다시 내걸게 되었다. 문제는 2015년 베이징 진르 미술관에서의 초대 개인전에서 다시 불거졌다. 작품을 선정하기 직전에 중국 정부로부터 특정 종교 색이 짙다는 이유로 전시 불허의 통지가 날아온 것이다. 나의 〈바보 예수〉는 '수난의 예수'이기도 하다.

어쨌거나 이제 그 아픈 세월은 가고 작품만이 남았다. 언젠가 예수의 부활처럼 〈바보 예수〉도 어둡고 습기 찬 창고에서 걸어 나와 햇빛 쏟아지는 광장에 내걸리기를 기대해본다.

믿음에 관하여

서울 풍경에는 무질서하고 혼란스럽기 그지없는 것이 많다. 그중에서도 한 건물에 전혀 성격이 다른 업종들이 들어차 있는 것을 예사로 보게 된다. 교회당과 여관 혹은 안마 시술소 따위가 한 건물에 세 들어 있는 정도는 시선을 끌지도 못한다. 위층에는 교회요 아래층에는 가라오케 같은 술집이거나, 혹은 옆집은 예배당이요 그 옆집은 술집 같은 식으로 연이어 있어서 십자가와 번쩍거리는 술집 간판을 위아래 혹은 나란히 달고 있는 딱한 경우가 허다하다. 성聖과 속俗이 나란히 있는, 아마 그런 곳에서 일어났던 일일 것이다.

교회 건물 옆 건물에 새로 술집이 들어섰다. 밤이면 교회의 찬송과 기도가 술집의 유행가 가락에 뒤섞이는 바람에 도무지 경건한

315

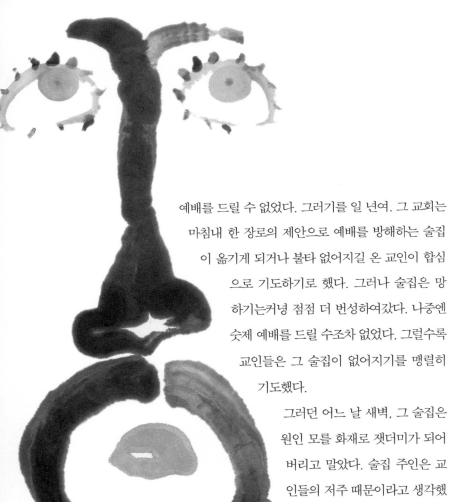

예배를 드릴 수 없었다. 그러기를 일 년여. 그 교회는 마침내 한 장로의 제안으로 예배를 방해하는 술집이 옮기게 되거나 불타 없어지길 온 교인이 합심으로 기도하기로 했다. 그러나 술집은 망하기는커녕 점점 더 번성하여갔다. 나중엔 숫제 예배를 드릴 수조차 없었다. 그럴수록 교인들은 그 술집이 없어지기를 맹렬히 기도했다.

그러던 어느 날 새벽, 그 술집은 원인 모를 화재로 잿더미가 되어 버리고 말았다. 술집 주인은 교인들의 저주 때문이라고 생각했다. 그리하여 분을 삭이지 못하고 술집이 불타도록 기도하자고 제안한 그 장로를 고발하기에 이르렀다. 그러나 고발당한 그 장로는 법관 앞에서 펄쩍 뛰며 어이없어했다. 세상에 기도한다고 어떻게 그런 일이 일어날 수 있겠느냐고. 그러나 술집 주인은 자기 가게의 화재는 교인들의 기도 때문이라는 것을 조금도 의심치 않고 믿었다.

이런 이야기도 있다. 어떤 여자 신도가 심방 온 목사에게 의기양양하게 말했다. 어젯밤 천국에 다녀오는 꿈을 꾸었노라고. 너무너무 황홀하고 아름다워 뭐라 표현할 수 없을 정도였다고. 그러자 심각하게 듣고 있던 목사가 속삭이듯 물었다. 그런데 천국이 정말 있기는 하던가요?

나는 주위에서 신앙이 깊고 믿음이 좋다는 분들을 적잖이 만나고 봐왔다. 나같이 어기기 잘하는 인간이 아니라 견고한 믿음의 바탕 위에 서서 바라보기에도 눈부신 분을 여럿 봐왔다. 주님과 아주 가까이 있는 것처럼 보이는 분들이었다. 그러나 그분들 중에 정말 마음을 나누고 싶은 푸근한 분은 보기 어려웠다. 범접하지 못할 신앙의 권위를 가졌거나, 엄격함으로 무장되어 있기 일쑤이거나, 의외로 쉽게 남의 가슴에 생채기를 내고도 무심하게 지나가버리는 경우까지 있었다.

무엇보다도 태풍이 불어도 끄떡없을 것 같은 믿음이 까딱하는 손가락에 무너지는 모습을 볼 때처럼 허탈하고 속절없는 때도 없었다. 순교자도 마지막 죽음만은 될수록 사람이 많은 곳에서 맞기를 원한다든가. 사람처럼 겉과 속이 판이하게 다를 수 있는 생명체가 또 있을까? 오직 하나님만이 우리 마음의 중심을 응시하시면서 그 믿음의 분량과 순도를 가늠하실 수 있을 것이다.

거울아, 거울아, 아라비아의 거울아

모로코 페스의 골목 시장은 오래된 점포들과 거미줄같이 엉켜 있는 골목들로 유명하다. 길이 좁아서 주로 나귀가 운반 수단으로 이용되어 짐을 잔뜩 싣고 오가는 나귀나 늙은 상인들을 자주 보게 된다.

골목 안은 그야말로 만화경 같다. 기계가 만들어낸 대량 생산과 공산품의 시대에 그곳에서는 손으로 만들 수 있는 거의 모든 것을 만들어 팔고 있었다. 특히 은세공들과 장식 거울, 수공예품, 화려하고 세련된 모자이크 타일 '젤리지 Zellij'와 현란한 색의 각종 향신료가 눈길을 끌었다.

《화첩기행》(북아프리카 편)을 쓰기 위해 알제리, 튀니지와 함께 떠났던 모로코. 그 모로코에서 닿은 페스의 미로 시장에서 나는 시각, 청각이 모두 새롭게 열리는 느낌이었다. 무엇보다 일의 신성神性 같은 것이 와닿았다. 특히 늦은 오후 골목 안에 가득 울려 퍼지는 아잔(이슬람교에서 신도들에게 예배 시간을 알리는 소리) 소리와 함께 하던 일을 멈추고 삼삼오오 시장 안의 회교당으로 가는 발걸음들은 삶과 신앙이 하나로 연결되어 있음을 알게 해주었다.

그 많은 점포 여기저기에서 딱, 딱, 딱, 하고 울리는 작은 망치 소리가 유난히 인상적이었는데 각종 세공품을 만드느라 나는 소리였다. 나는 가끔씩 가던 발걸음을 멈추고 노포에서 늙은 장인匠人이 몰두해서 마디 굵은 손으로 다듬고 빚어내는 그 세공품들을 황홀하게 바라보곤 했다. 그렇게 하여 만들어진 은 제품들이나 수제 액자들, 그리고 화려하고 혹은 소박한 문양의 거울들에서는 오래된 장인의 손길과 숨결이 오롯이 그대로 전해왔다.

그 무덥던 여름, 뜨거운 모로코 잎차로 더위를 달래며 한 가게에 들러 그렇게 지켜보다가 사 들고 온 페스 시장의 거울은 지금 내 서재에 걸려 있다. 들고나며 무심코 들여다볼 때마다 나는 어느새 모로코의 미로 시장 페스를 떠도는 나그네가 되곤 한다.

나는 그린다, 바람을

2018년 봄 평창동 가나아트센터에서 200호, 300호, 500호 대작 중심으로 오랜만에 큰 개인전을 열었다. 제목은 〈송화분분〉. 개막식에서 병으로 수척해진 이어령 선생이 그러나 번쩍, 나의 그림에 대한 한 줄의 서사를 깃발처럼 들어 올렸다.

작가는 바람을 그리고 있습니다. 지금껏 생명 바깥에서 관찰자로서 노래하던 그가 이제는 생명의 바다에 뛰어들었습니다, 아니, 작가 자신이 송홧가루 속에 떠가고 있습니다. 저 노란 송홧가루를 통해 우리는 비로소 불어가는 바람을 잠시 멈춰 세우게 되었습니다.

분분히 날리는 그 송홧가루를 볼 때면 정신마저 아득해지는 때가 있다. 그 아득함을 그려낼 수 있을까. 문득 그런 생각을 해보게 된다. 그와 함께 문득 옛날에 들었던 혼불 얘기가 떠오르기도 한다. 어른들은 가끔씩 어젯밤 아무개네 지붕 위로 혼불이 떠가는 것을 보았다고 말하곤 했는데, 떠가는 혼불도 저렇게 가는 것일까. 육성肉性은 땅에 남겨지고 영혼은 그 육肉의 거푸집을 빠져나와 그야말로 유천희해遊天戲海하듯 자유롭게 떠가는 것일까. 그렇게 하여 둥둥 떠가는 인간 영혼의 무게가 21g이라고 주장한 덩컨 맥두걸이라는 과학자도 있었고, 영화감독 알레한드로 곤잘레스 이냐리투는 이를 근거로 같은 제목의 영화를 만들기까지 했다. 〈21그램〉이라나.

어찌 됐거나 상승하는 생명의 기운은 무無에 가깝게 가볍고 자유롭다. 삶의 이 지점에 이르러서야 그 사실을 깨달으며, 문득 미쓰코시백화점 옥상 위에 섰던 시인 이상처럼 날고 싶은 상승의 욕망에 겨드랑이가 가려울 지경이 된다. 한없이 투명하고 끝없이 자유롭게 비상하고 싶은 그 욕망을 나는 그림 속에 투사한다.

그리고 붙잡아 세우고 싶다.

바람을.

그리고 묻고 싶다.

너는 왜 가는 것이며 어디로 가는 것이냐.

다음엔 사람을 그리고 싶다

삼일포 가는 길. 남방 한계선의 시작이다. 억새밭이 이어지고 전기 철조망과 지뢰밭을 표시한 붉은 글씨가 바람에 펄럭인다. 그 사이로 금강산 관광버스는 달린다. 군데군데 미동도 않고 나무처럼 서 있는 어린 군인들을 스쳐서.

쿵작쿵작 버스의 음악이 새어 나갈까 봐 신경이 쓰인다. 저들은 이 버스를 어떤 마음으로 쳐다볼까. 무심코 손을 흔들려다 말고 얼른 내린다. 절대로 북쪽 사람에게 손을 흔들지 말라던 주의가 생각나서다. "절대로 북쪽 사람에게 손을 흔들지 마십시오. 말을 걸어도 안 됩니다. 사진은 더더욱 큰일 납니다. 그냥 산만 보고 오십시오. 저들이 내준 길을 따라 휑하니 산만 보고 내려오십시오……." 안내원은 들고 날 때마다 그렇게 주의를 주었다. 산만 보고 오라고…….

물론 산만 보고 와도 다 못 볼 만큼 빠듯한 일정인 데다 운무 속에 자태를 드러낸 금강산의 위용 또한 다른 데 눈길 주는 것을 허용하지 않았다. 더구나 나는 바람 속에 숨 가쁘게 화첩을 넘겨대야 하는 사람이다. 물론 정신없이 그려댔다. 그러나 차츰 새소리 하나 없는 텅 빈 겨울 산만을 그려대기가 허전했다. 산만이 아니라 사람도 그리고 싶어졌다. 그림으로 그릴 뿐 아니라 손을 잡고 체온을 느끼고 싶어졌다. 내 생각을 얘기했을 때, 안내하는 청년은 웃으며 지나친 욕심이고 위험한 생각이라고 고개를 저었다. 지나친 욕심이라.

장전항에 도착한 첫날, 갑판에 나갔다가 한 노인에게서 똑같은 말을 들었다. 스케치하고 있는데 옆의 한 노인이 바다를 바라보며 중얼거리는 소리가 들렸던 것이다. "됐어. 이젠 죽어도 돼. 여기서 더 욕심내면 죄 받아. 그건 지나친 욕심이야."

금년 85세라는 최석봉 할아버지는 고향이 영변이라 했다. 북에 왔을 뿐이지 이곳이 할아버지의 고향은 아니지 않느냐고 하자 "물!"

이라고 했다. 저 물에 고향 영변 산수의 물이 흘러들었을 터이니 고향에 온 것과 마찬가지라는 것이었다. 여기서 더 욕심내면 죄 받는다고……

산에 전혀 사람이 없는 것은 아니었다. 간혹 질서요원이라는 사람이 서 있었다. 그중에는 산처녀도 있었다. 대비를 들고 서 있는 무공해 산처녀 뒤로 펼쳐진 푸른 벽계수며 바위를 그리고 있는데 그 처녀가 웃으며 말을 걸었다. "화가이십네까?"

나는 깜짝 놀라 잘못 들었는가 했다. 하지만 그녀는 분명히 웃으며 말을 걸어왔다. 내가 오히려 머뭇거렸다. 그 모습이 우스웠던지 까르르 웃었다. 이 대목에서 나는 규칙을 어기고 말았다. 얼결에 그림을 하나 그려줄까요, 하고는 얼굴이 빨개져버렸다. 사람을 봐도 목석처럼 생각하고 절대로 말 걸려 하지 말랬는데 그림까지 그려준다고 하다니. 찬바람에 마비된 것처럼 얼얼한 손으로 그녀의 옆모습을 그려 건네자 활짝 반가워한다. "곱지 않은 얼굴을 이렇게 선녀처럼 곱게 그려주시다니요."

그녀와 작별하고 내려오며 생각했다. 그래, 산만 그릴 순 없었다. 거기 사람이 있는데 못 본 척 바위와 물하고만 대화할 순 없었어. 손을 흔들지 말라고 했지만 나는 돌아서서 몇 번씩 손을 흔들었다. 그녀 또한 내가 멀어지도록 손을 흔들었다. 비로소 가슴이 더워졌다.

눈 덮인 비로봉은 신비하고 아름답다. 묘향산, 칠보산인들 오죽 아름답겠는가. 그 산길들이 열리면 다시 맨 먼저 달려가 마음껏 그릴 것이다. 그러나 고백하건대 나는 무엇보다 그곳의 사람을 그리고 싶다.

어머니, 이제는 내 나라로 가야 할 시간입니다

미켈란젤로의 피에타 3부작 중 이제 마지막 미완성 피에타 앞에 섰다. 작품이 전시되어 있는 스포르체스코 성은 화려함을 극한 성당이나 미술관, 박물관에 비해 무채색의 느낌으로 다가왔다. 유별난 장식들도 없고 다분히 금욕적이다. 마치 오래된 목조 주택의 학교 같은 이곳이 왠지 편안했다.

그런데 창녀 마리아의 남루한 조각상을 지나 미완성 피에타 앞에 섰을 때 갑자기 눈시울이 뜨거워졌다. 예기치 않게 춤추는 이 감정의 변주는 무엇이었을까. 그 수많은 걸작을 지나 왜 하필 이 미완성 피에타 앞에서 울컥했던 것일까. 스물네 살 청년이 만든 그 숨 막힐 듯한 기교와 완벽한 구도의 성 베드로 성당 피에타에서는 못 느꼈

던 감정이다(하긴 성 베드로 성당의 피에타는 겹겹이 쌓인 관람객들 때문에, 그리고 다음 작품으로 이동해야 하는 까닭에 그의 아우라를 음미할 겨를이 없긴 했다). 어쩌면 그것은 미완성 피에타와 겹쳐서 순간적으로 곤고했던 미켈란젤로의 생애가 떠올랐기 때문이 아니었을까 싶다.

세상을 떠나기 나흘 전까지 그는 이 작업에 매달렸다고 한다. 지상을 떠나갈 시간이 임박했음에도 불구하고 그는 차마 끌과 망치를 놓을 수 없었던 모양이다. 어쩌면 생애의 마지막 나날은 피에타를 완성해야만 한다는 절박감 때문에 이어진 것일 수도 있었을 것이다. 일평생 여인의 따뜻한 손길 한 번 체험하지 못한 채 끌과 망치가 아내요, 자식이었던 삶이었다. 그 미완성 피에타 앞에서 나는 내게 주어진 시간들을 함께 생각했던 것 같다. 나의 날은 얼마나 남았을까.

성경은 우리에게 "날日 계수(계산)하는 지혜를 가지라"고 했다. 우리에게 빌려준 시간이 차면 그 주인이 다시 찾으러 오리라는 것이다. 그리고 그 시간이 되면 하던 일을 미완성인 채로 두고 자리에서 일어서야 한다. 그래서 사제들은 메멘토 모리 Memento mori, 죽음을 기억하라며 헤어지는 인사를 나누었을 것이다. 끝을 기억하라. 우리 모두는 무언가를 하지만 결국에는 미완성인 채로 이 생을 끝마치게 될 것이라는 의미.

전기 작가 로맹 롤랑은 《미켈란젤로의 생애》에서 그를 일종의 '일 중독자'로 묘사했다. 동시에 어떤 사제보다 더 많이 금식하고 기도했던 사람으로 그렸다. "나는 과거의 어느 누구도 할 수 없었던 일을 뼈가 부서지도록 해야 한다. 밤이나 낮이나 일 이외의 것은 생각지도 못한다." 저자는 그가 종종 침식寢食의 시간마저 잊어버릴 정도로 죄수 같은 삶을 살았다고 썼다. 심지어 옷을 입고 작업화를 신은 채 잠들곤 했을 정도였다. 좋은 대리석을 보면 일 욕심 때문에 우선 계약부터 해놓았다가 지키지 못하기 일쑤였고, 돌산 전체를 조각하고 싶다고 하는가 하면, 교회고 궁궐이고 자신이 다 할 수 있다고까지 했다고 한다.

…… 지난 12년 동안 피로에 지쳐 식사도 제대로 하지 못했습니다. (게다가) 여러 가지 괴로움에 시달리고 있습니다. …… 나는 비참합니다.

한 편지에 그는 그렇게 썼다. 일종의 조울 상태가 계속되었던 것 같다. 일하다가 마른 빵 한두 조각에 와인 한 잔 정도를 먹는 것이 그의 식사였다고 한다. 놀랍게도 이런 빈약한 영양 상태와 병약한 몸으로 초인적인 작품 양을 소화해냈으니, 실로 불가사의한 일이다. 그림과 조각과 건축, 그리고 삼백여 편에 이르는 시까지. 그는 그야말로 르네상스적 전방위 예술가였다.

이 불세출의 천재는 그러나 자신이 조각가나 예술가로 불리는 것을 끔찍이 싫어했다고 한다. "나는 조각가 미켈란젤로가 아니다. 어디까지나 미켈란젤로 부오나로티일 뿐이다"라고 말하곤 했는데, 그것은 자신이 하고 있는 조각이나 회화의 위상이 가문의 그것만 못하다는 생각 때문이었다. 동시에 그의 서신은 늘 "나는 비참하다", "나는 괴롭다", "모두들 나의 죽음을 바라고 있다", "나는 적들에게 둘러싸여 있다" 식으로 시종하는데, 신경증과 광기와 강박, 그위에 작업에 대한 과도한 열정으로 종종 자신을 극한까지 몰고 갔던 것이다. 미켈란젤로야말로 죽음으로 어머니의 품에 안긴 예수처럼 마지막 피에타를 완성하지 못한 채 손에서 망치를 툭 떨어뜨림으로써 비로소 안식과 평안으로 들어갔다.

탁월한 미술사학자이자 문학가인 토마스 기르스트는 말했다. "오십 년, 백 년 후에도 불멸의 작품으로 남아 있을지 결정하는 것은 오직 후대일 뿐"이라고. 미켈란젤로는 일평생 숨 가쁘게 돌을 쪼고 그림을 그리며 자신만이 체험한 실패와 성공의 뒤안길에서 놀라운 집중과 정신력으로 걸작들을 만들어냈다. 날마다 자기만의 지하로 내려가 끌과 망치를 들면서 저 '스프레차투라Sprezzatura(무심과 고요)' 속에 스스로를 유배시켰던 것이다. 그가 후대의 평가에 집착했던 것 같은 기록이나 흔적은 어디에도 없다. 니체는 말했다. "번갯불을 일으키려는 자는 반드시 구름으로 오래 머물러 있어야 한다"고. 미켈란젤로야말로 폭풍과 고요의 구름 속에서 오래 머물러서 섬광과 불빛을 일으킨 사람이다.

피에타 삼 부작

걸작 중의 걸작, 피에타 연작의 첫 작품은 미켈란젤로가 1499년 스물네 살 나이로 완성시킨 것이다. 피렌체의 애송이였던 미켈란젤로는 이 첫 피에타로 바티칸에서 일약 정상급 조각가로 대접받게 된다. 십자가상에서 숨진 채 내려진 예수. 축 늘어진 모습으로 그 모친 마리아의 품에 안겨 있는 모습을 대리석에 완벽한 구도와 기법으로 형상화시켰는데 마리아의 얼굴이 지나치게 젊다고 해서 논란이 되기도 했다.

두 번째는 칠순을 넘긴 1547~1555년 사이에 제작되었다고 알려진 피렌체 대성당의 피에타로, 예수의 고통을 가장 극대화한 작품으로 알려져 있다. 모친의 무릎 위에 축 늘어진 형상의 전작에 비해 경직된 몸을 장정 세 사람이 떠받치고 있는 수직적 구도로 되어 있다. 중심인물도 마리아가 아닌 니고데모로 알려져 있는데, 특이한 것은 예수 뒤의 남자 얼굴이 미켈란젤로 자신의 것이라는 사실이다. 미학적이고 조형적인 효과를 극대화시킨 이십 대 때의 첫 피에타에 비해 예수의 고통을 자신의 그것과 동일시하려는 의도로 보인다.

마지막 작품인 〈론다니니 피에타〉는 임박한 죽음을 예감한 듯, 드라마틱한 구도나 기교가 아닌 무심한, 그러면서도 편안한 형상으로 진행되는데 임종 나흘 전까지 이 작품에 매달려 있었다고 전해진다.

레오나르도 다빈치의 이런 기도

오늘은 〈최후의 만찬〉을 찾아 산타마리아 델레 그라치에 성당으로 간다. 날은 쾌청하고 햇살은 간지럽다. 저 유명한 스칼라 극장 모퉁이를 돌아서면서 문득 고개를 드는데 높이 서서 내 쪽을 바라보고 있는 인물이 있다. 시간 속에 사라져버린 레오나르도 다빈치다. 그가 작은 도심 공원에서 실감 나게 돌사람으로 서 있다. 수도자 같은 헐렁한 옷차림에 비니 스타일의 모자를 썼는데, 그 아래로는 호위 무사처럼 에워싸며 젊은 미술가들의 조각상이 있다.

마치 오쇼 라즈니쉬 같은 그 모습을 나는 오래도록 올려다본다. 내면의 고요와 평화가 흘러나오는 하얀 조각상은 거리의 사람들을 향해 부드럽게 미소 짓는 것 같다. 그 경이로운 인물을 올려보고 있자니 그의 시대와 연결되는 느낌이다. 거인의 어깨 위로 지나가는 바람이 내 볼 또한 스치고 간다. 생각해보면 저 불가사의한 인물이 나보다 앞서서 이 행성하고도 이 도시에서 살다 갔다는 것은 흥분되는 일이다.

불현듯 레오나르도 다빈치가 높은 단 위에서 내려와 제자들에게 둘러싸여서 정담을 나누는 상상을 해본다. 그 관용의 사람은 내 무언의 요청에 눈길로 화답한다. 그는 천천히 돌 위에서 내려와 둘러선 제자들 사이에 선다. 나 또한 그들 사이에 서서 그들의 대화를 엿듣기로 한다. 멋진 일이 아닌가.

제자 중 하나가 묻는다. 언제 로마로 갈 것이냐고. 로마는 지금 미켈란젤로와 라파엘로가 접수했다는 소문이 파다하다고. 밤낮없이 미켈란젤로의 망치 소리가 로마를 쾅쾅 두드린다는데 선생님은 이 별 볼 일 없는 도시에서 언제까지 한가하게 산책이나 하며 지낼 거냐고.

스승은 부드러운 눈길로 제자를 바라보며 말한다. 이 사람아, 이

도시가 별 볼 일 없다는 말일랑 하지 말게. 이토록 아름답고 우아한 밀라노에 대한 모독일세. 나는 이곳의 바람과 공기까지 사랑한다네. 다른 제자가 묻는다. 교황께서는 언제 선생님을 부르시는 건가요. 그분의 부름이 있다면 저희도 당장 선생님과 함께 로마로 갈 수 있을 텐데요. 로마. 나는 사실 로마도 교황청도 마땅치 않다네. 한사코 후배들과의 경쟁 구도 속으로 몰아넣으려 드는 그 분위기가 싫어. 대리석의 냉기를 토해내는 로마에는 도무지 따뜻함이라고는 없단 말일세.

하지만……. 다른 제자가 말한다. 미켈란젤로를 위해 교황은 카라라 석산의 질 좋은 대리석들을 로마로 운반해 갔다 합니다. 그는 불후의 명작을 만들 야망에 불타고 있고요. 그 사람은 자기가 최고라고 외치고 싶어 하는 것 같아요. 스승은 자애로운 눈길로 말한다. 자기 이름을 내려는 교황의 욕망은 한이 없군. 미켈란젤로가 열심히 하는 것은 좋은 일이지. 그러나 미친 듯 돌만 쪼아대는 그와 나는 다른 길을 가고 있다네. 그는 한사코 돌을 쪼아서 영원으로 가는

다리를 놓으려 하는데, 그건 어림없는 일이야. 게다가 그 과도한 열정이 문제야. 조절하지 않으면 그 몸까지 상하고 말 걸세. 하긴 이미 허리는 굽고 다리까지 절며 노인처럼 되었지만 말일세. 그는 싸우듯 조각을 해. 마치 열병을 앓고 있는 것 같지. 나는 그러고 싶지 않다네.

하지만 미켈란젤로의 다비드상은 모두를 감탄시켰습니다. 교황이 그에게 장차 시스티나 예배당의 천장화까지 맡기려 한다는 소문이 파다합니다. 조각은 몰라도 그림이라면 선생님 아닙니까. 그 친구 얘긴 그만하게. 그는 그저 자고 나면 돌만 쪼아댈 뿐이지. 그가 단테를 알겠는가(알고말고. 미켈란젤로는 단테를 존경했고 단테 또한 그의 천재성을 인정했다. 두 사람은 교류했다).

다른 제자가 볼멘소리로 말한다. 사람들은 선생님을 종잡을 수 없다고들 말합니다. 이젠 바다 밑을 가는 배와 하늘을 나는 새까지 만들려 든다고요. 몽상가라는 손가락질을 하면서 말입니다. 그뿐 아닙니다. 요새는 요리에까지 관심을 쏟는다고 여인네들도 수군댄

다더군요. 저희도 걱정이랍니다. 재능을 너무 분산시키시는 게 아 닌가 하고요. 사실 폭약이며 장갑차에까지 손대신 것은 너무하신 일 아닌가요. 하지만 레오나르도는 여전히 평정심과 자애로움을 잃지 않고 말한다. 여보게들. 나는 나의 삶을 내 방식대로 사랑한다네. 부디 밀라노에서 나의 이 고요하고 평화로운 삶이 발각되지 않기만을 바랄 뿐이라네.

하지만……. 다른 제자가 다시 볼멘소리로 말한다. 어린 라파엘로까지 치고 올라오는 판인데 고요한 삶이라니요. 그것은 늙은 사제들이나 바라는 삶이에요. 선생님은 불후의 명작을 남기셔야 합니다. 레오나르도는 그윽하게 그를 바라본다. 나 또한 이제는 노인일세. 끓어넘쳐 주체하지 못하던 열정은 이미 나를 떠나가고 있어. 밤이면 허리를 빠져나가는 바람 소리가 들린다니까. 거기다가…… 세상에 불후의 명작 같은 것은 없다네. 창조주께서 이미 그 손가락으로 하늘 가득 별들을 만드시고 해와 달을 만드셨지 않은가. 우리가 여기서 한 치나 더 나갈 수 있겠는가.

지금 하고 계신 〈최후의 만찬〉은 어떤가요. 그 그림 말인가? 그것은 그저 산타마리아 델레 그라치에의 사제와 수녀님들을 위해 그리고 있을 뿐이라네. 그 가난하고 작은 성당을 위한 봉헌인 셈이야. 애초부터 불후의 명작 같은 욕심 없이 시작했다네. 하지만……. 제자들은 끈질기다. 하지만 저희는 먼 훗날 그 그림을 보기 위해 동서남북에서 사람들이 몰려올 수도 있을 것이라는 예감 같은 것이 듭니다(맞다. 실제로 오랜 세월이 흘러 나 또한 먼 동쪽으로부터 그 그림을 보기 위해 이곳에 왔지 않은가). 그 그림으로 말한다면…… 사실 나 자신을 생각하며 그린 것이기도 하다네. 어느 날 내 곁에 주님을 모시고 그렇게 만찬을 하며 떠나리라는 생각을 가지고 말일세. 그 그림의 제자 중 하나를 나로 생각하며 그렸지. 내 방탕했던 삶을 그 마지막 식탁에 내려놓고 싶었다네.

저희는 선생님의 빛나는 재능을 알고 있습니다. 부디 남은 시간만은 그림에 좀 몰두해주시기를 소망합니다. 세상에서는 선생님을 과학자, 음악가, 철학자, 건축가로 알고 있습니다. 물론 아주 극소수는 선생님이 그림과 조각 쪽에도 재능을 가지고 계신 분이라는 것을 알고는 있겠지요. 그러나 저희는 선생님의 그림 재능이 열 번째 재능 아닌 첫 번째 목록에 올라 있기를 소망합니다. 그러니 부디 루두비코일모로에게 보낸 이력서에 스스로를 군사 기술자로 소개하고 그림이나 조각도 좀 할 수 있다는 식으로는 말하지 말아주세요. 선생님이 그이에게 열 번째 잘할 수 있는 분야로 자기소개서에 적어 넣으신 화가와 조각가의 재능 순위가 후세에는 뒤집혀서 맨 위로 올라올지 누가 알겠습니까(그렇다. 오늘날 누구도 그를 화가 아닌 대포와 장갑차와 잠수함 설계자로 기억하지 않는다. 더더군다나 음악가나 요리 연구가나 건축가, 교량 설계자, 해부학자, 철학자로 떠올리지 않는다).

제자가 예언했던 대로 여러 목록을 제치고 그는 이제 불세출의 화가로 기억되고 있다. 특히 〈최후의 만찬〉을 그린 불멸의 화가로. 자, 이제 그 그림이 있는 쪽으로 발걸음을 옮겨보자.

밀라노의 레오나르도 다빈치

'…… 그밖에 저는 그림 그리는 일과 조각에도 재능이 있습니다.'

한 유력자에게 보낸 자기소개서의 끝부분에 레오나르도 다빈치는 이렇게 적었다.

대포와 포탄 기술 등 다양한 무기 제작술이 가능함을 나열하고 (유난히 많은 무기 제작

과 디자인에 골몰하긴 했지만 그런 것들은 연구의 결과물이었을 뿐, 그는 전쟁을 혐오

했다) 기타 여러 가지 자기 장기를 적어 넣으면서 열 번째 항목에 화가와 조각가로서의

재능을 집어 넣은 것이다. 이 불세출의 천재는 실제로 처음 음악가로 데뷔한 후 공학자,

해부학자, 문학가, 천문학자, 조경학자, 지질학자, 식물학자, 역사학자, 도시계획자, 의

사, 수학자, 저술가, 요리 연구가 등 다채로운 삶을 살았다. 심지어 잠수함 구상도와 헬

리콥터 설계에 이르기까지 손이 닿지 않은 데가 없을 정도다.

혼외자로 태어난 결손가정 출신이었지만 수려한 외모와 부드러운 매너의 그는 고향 빈

치를 떠나 피렌체와 밀라노, 베네치아를 떠돌며 작업을 했고, 마지막에는 프랑스로 가

서 루아르강의 앙부아즈궁에 기거하며 〈모나리자〉를 완성하고 1519년 영면한다.

그는 회화 작업에 과학과 수학, 재료학 등을 도입해 스푸마토 기법을 만들었고 이로써

고유한, 자연과 인간이 미묘하게 조화되는 환상적 화풍을 이룩했다. 한편 2017년 11월

그의 작품 〈살바도르 문디〉가 사억 오천만 달러(한화 약 사천팔백삼억 원)에 경매로

팔리면서 화제가 되기도 했는데, 얼마 전 한 기록영화에서는 진위 여부가 아직도 논란

중이라고 전했다.

추운 노래

어떤 노래는 듣고 있노라면 가사와 곡이 흑백필름처럼 선명하게 바뀌며 떠오를 때가 있다. 내 경우 〈친구〉를 비롯한 김민기 노래를 들으면 그렇다. 1970년대 대학에 다니다가 군대에 간 나 같은 사람에게 그의 노래는 추억과 추위 그 자체로 다가온다. 추억은 추억이로되 추운 추억이다.

1974년 늦은 여름이었다. 군대 가기 전 여름을 디자인을 전공한 친구 하나와 여행을 하며 보냈다. 그때 내게는 들고 다닐 수 있는 분홍색 야외 전축이 하나 있었는데 가방 속에 그 포터블 전축과 함께 김민기 판도 넣고 다녔다.

충청북도 영동의 심천이라는 곳에 닿으니 날이 저물었다. 친구와 나는 강가에서 저물도록 노래를 들으며 지는 해를 바라보고 있었다. 김민기의 묵직한 저음 속에는 당시 우리들의 이야기 같은 것이 담겨 있었다. 설명할 수 없는 시대의 우울한 풍경 같은 것이 실려 있었다. 밥 딜런 같은 음색이었다. 우리는 특히 김민기 노래 가운데서도 〈친구〉를 좋아했다.

노래에 취해 있다 보니 어느새 주변이 어두워졌다. 그런데 마땅히 잘 곳이 없었다. 우리는 강변을 거슬러 올라가 건너편 야트막한 산 아래 있는 한 제각으로 가서 짐을 내려놓고 잠을 청했다. 그런데 누워도 쉬이 잠이 오지 않았다. 주변의 바스락거리는 소리며 푸드덕 새가 나는 소리 등이 귀에 거슬렸다. 좀 무서워졌다.

두 사람 다 잠을 못 이루고 있다가 이럴 바엔 차라리 무주까지 국도를 걸어가보자고 의견을 모았다. 그래서 다시 일어나 배낭을 메고 산길을 걷기 시작했다. 그런데 산길을 아무리 걸어도 끝이 나오지 않았다. 게다가 길가에 서 있는 도로표지판이 멀리서 보면 꼭 사람 모습 같아서 흠칫 놀라곤 했다. 우리는 그렇게 산길을 터벅터벅 걸어가면서 대화를 나누었지만, 무슨 내용이었는지는 지금 거의 기억이 나지 않는다. 내가 곧 군대에 가게 되어 있었기 때문에 짧은 지식으로 군대 얘기를 나누었던 것 같기도 하다. 대체로 앞으로의 인생 항로에 대해 서로의 의견을 말했던 듯싶다.

터벅터벅 한없이 걸어갔던 그 밤의 산길은 어렴풋이 앞으로 펼쳐질 인생길 같기도 했다. 어둠 속에 희미하게 뚫려 있던 길. 사방이 적막하고 이따금 푸드덕 날아가는 밤의 새소리만이 우리를 놀라게 했던 그 길.

지금도 김민기의 노래를 들으면 배꽃 만발한 대학 풍경이 떠오르고 연이어 심천의 강변과 무주로 가던 그 밤길이 떠오른다. 그 밤길을 터벅터벅 걸어가던 두 청년의 모습도.

어느 날, 마지막 만찬

'등대의 불빛'이라는 이름의 숲속 호스피스동이 있다. 요리사 루프 레히드 슈미트는 모든 요리사가 꿈꾸는 일급 호텔 주방장 자리를 나와 이 호스피스동에 취직하여 생의 마지막 촛불이 깜박거리는 임종 환자를 위해 요리를 선보인다. 한 사람 한 사람의 주문을 받아 그야말로 정성을 다해 마지막 만찬을 준비하는데, 대부분 식사는 입에 대지도 못한 채 그가 가져간 음식을 바라보다가 스르르 눈을 감는다. 하지만 그 순간 얼굴에 희미하게 번지는 기쁨과 행복의 빛을 보는 보람으로 요리사는 이들의 마지막 식사를 주문 받아 최선을 다해 만들어 병실로 가져간다.

그는 "누구에게나 가슴이 먹먹해 오는 음식의 추억이 있는 법"이라며, 결국 못 먹을 줄 알면서도 임종 환자가 입술을 달싹여 그 음식을 주문하는 것도 그 음식 속에 깃들어 있는 사랑하는 이들과의 추억을 다시 맛보고 싶기 때문이라고 했다. 그러면서 이렇게 결론을 지었다. "아름다운 기억의 그늘에서는 죽음의 고통도 멎는다"고.

그렇다. 아름다운 기억을 많이 만들자.
아름다운 우정
아름다운 여행
아름다운 식탁
아름다운 예술……
그리하여 우리 생애의 시간표가 멎는 날
그 아름다움의 그늘 아래에서 육신의 잠을 누이자.

그런 면에서 본다면 "이제는 의료진으로서는 최선을 다했으니 댁으로 모시고 가서 맛있는 음식이나 실컷 드시게 하라"는 것은 수사

에 불과한 것. 아무리 맛있는 식탁도 생의 마지막에 이르러서는 무
의미한 것이기 때문이다.

웰빙 열풍과 함께 웰 다잉 선풍이 부는가 싶었지만 여전히 병원 외에는 달리 뾰족한 수가 없어 보인다. 병실의 차가운 불빛 아래서가 아니라 마을 혹은 친지 공동체의 애도를 받으며 평소 기거하던 자신의 공간에서까지는 아니더라도 눈으로나마 일일이 작별을 고하고 떠났던 옛날식 죽음이 새삼 떠오른다. 도시에서도 이런 따뜻한 임종을 할 대안은 없는 것일까. 큰 병원 영안실에 다녀올 때마다 해보는 생각이다.

칠집 김씨 사람을 그리다

1판 1쇄 인쇄	2022년 11월 8일
1판 1쇄 발행	2022년 11월 23일
지은이	김병종
펴낸이	백영희
펴낸곳	(주)너와숲
주소	08501 서울시 금천구 가산디지털1로 225 에이스가산포휴 204호
전화	02-2039-9269
팩스	02-2039-9263
등록	2021년 10월 1일 제 2021-000079호
ISBN	979-11-92509-17-4 03810
정가	20,000원

이 책을 만든 사람들

편집	허지혜
홍보	박연주
디자인	지노디자인
마케팅	배한일
제작처	예림인쇄